MARCEL PROUST

Les Plaisirs

et

Les Jours

歡樂時光

馬塞爾·普魯斯特——著

劉森堯——譯

本書譯給陳萬琴小姐，她是普魯斯特的超級大粉絲！

目錄

【譯者序】

普魯斯特和《歡樂時光》

劉森堯

收拾鉛華歸少作，屏除絲竹入中年。

——清・黃仲則

《歡樂時光》（*Les Plaisirs et les jours*）最早合輯成書於一八九四年，普魯斯特當時才二十三歲，等於是他年輕時代的塗鴉習作，距離後來的扛鼎鉅作《追憶似水年華》第一冊《去斯萬家那邊》出版於一九一三年，中間隔了十九年，這之間普魯斯特都在做些什麼？他沒有特別做了什麼，他只是一天到晚四處遊蕩和追逐同性戀愛情，頻繁和上層社會人士及藝文界知名人士交往，以及最重要的，讀了許多書，並慢慢在醞釀他畢生的偉大傑作《追憶似水年華》，他在等待適當時機開始下筆，卻一拖再拖，一延再延，必須等到母親於一九〇五年逝世之後多年，已經四十歲了，這時才要開始動手來寫他的曠世傑作，這之前他一直無法動筆，據聞主要歸因於他對母親的過度熱愛，他必須等到她的離去，獲得了情感上的獨立，才能專心自由自在寫出他心中的真正感情，如他自己所說，唯有真正拋棄所愛，才能重新創造所愛。其實就我所知，他身上的氣喘病已經越來越嚴重，他知道來日無多了。

在未來的十年，直到一九二二年五十一歲時去世為止，他每天躲在一幢巴黎高級公寓，晝伏夜出，躺在床上振筆疾書，由一位叫做Céleste的中年女僕伺候他的生活起居。這位女僕年老時，於一九七三年出版一本書，由她口述，別人代筆，叫做《普魯斯特先生》（*Monsieur Proust*），當時普魯斯特離開這個世界已經整整五十年，可聲望正在節節升高當中，甚至已被肯定為二十世紀世界最偉大文豪，無人能及。這本書適時出版，跟著水漲船高，暢銷了好一陣子，可是讀了老半天，將近四百頁篇幅，不但雜亂無章，根本就是乏善可陳，像一本乏味無趣的流水帳，Céleste只看到普魯斯特日常生活平凡瑣碎的一面，其他則一無所知，比如，他每天夜裡不睡覺都在做些什麼，她完全沒有概念，還有我們的大作家經常夜裡兩點鐘出門，天亮才回來，她也很守本分，從未過問，當然也就一樣沒概念，我們也很納悶，半夜兩點出門幹什麼？我後來讀了美國阿拉巴馬大學法文系教授威廉・卡特（William Carter），他是普魯斯特專家，所寫《戀愛中的普魯斯特》（*Proust in Love*）一書，才恍然大悟。原來我們的大文豪半夜兩點出門，前去巴黎最高級餐廳用餐，並在那裡尋找年輕俊美男妓從事交易勾當，他在那裡很大方，經常一次出手給那裡的服務生帥哥小費，動不動就是他們上班一兩個月的薪水。這裡有兩件事我必須趁此稍稍提醒一下，其一，普魯斯特為什麼那麼有錢？其二，普魯斯特的同性戀愛情生活。

普魯斯特的父親亞德里安·普魯斯特是法國著名傳染病學醫生，曾經成功遏止一次霍亂大流行而聲名大噪，並累積不少財富。馬奎斯在《愛在瘟疫蔓延時》一書中所描寫的烏比諾醫生角色就曾留學法國學醫，在普魯斯特父親麾下學習傳染病學，馬奎斯等於故意沾染一點普魯斯特的光采，把虛構和事實混雜了一下，當然我們不會相信，也不會去查證。另外，普魯斯特的母親是猶太人，出身世家，娘家非常有錢，聽說和當時富可敵國的羅斯契爾德猶太家族也攀上一點關係，他們上一代都是在法國大革命之後從德國法蘭克福一起移居來法國，從事金融業，財富更是直線上升，達到令人咋舌的地步。普魯斯特的父母死後，給他和弟弟兩人遺下一筆極龐大的財富，不但可以衣食無憂，甚至可以過一種非常闊綽海派的生活。他年輕時只短暫在公家圖書館工作過一段時間之外，據說是為了自力更生並尋求未來像樣的人生事業，後來才猛然發現，他的人生事業就是文學，以後就再也沒工作過，如果不工作就有飯吃，甚至可以過任性的海派生活，為什麼要工作呢？一部兩百多萬言的偉大傑作《追憶似水年華》，不必為稻糧謀，加上驚人的自我約束紀律，就這樣產生了。

有關普魯斯特的同性戀愛情生活，過去的傳記已經寫過很多，但大多語焉不詳，威廉·卡特教授最近出版的《戀愛中的普魯斯特》一書則鉅細靡遺寫出普魯斯特從高中時代以來一波接一波的不間斷同性戀愛情，他十七歲在讀康多塞高中時代就已經跟幾個同學有過同性戀關係，其中最有名的一位是寫《磨坊書簡》的名作家阿風斯·都德的兒子呂西安·都德，兩人關係最親密，時間也持續最久，直到有一天呂西安移情別戀，愛上拿破崙三世的遺孀，當時已八十幾歲的歐仁妮皇后，但兩人的親密友誼則維持一輩子，一九一三年普魯斯特出版《追憶似水年華》的第一冊《去斯萬家那邊》時，引起很大爭論，甚至被批評得體無完膚，當時呂西安已經是法國文壇很具名望的批評家，立即在《費加洛報》的文學副刊上寫一篇文章為他辯護，他肯定這是一本法國文學上空前絕後的偉大傑作，他是當時少數看出這本小說不同凡響之處，也是第一個肯定普魯斯特創作才華的人。另一樁同性戀故事，幾乎只能算得上是單戀，因為很短暫，還沒正式開始對方就患瘧疾死了，因此這樁戀情很少人提起，但我認為很重要。普魯斯特早年二十三歲時，出版年輕時代習作《歡樂時光》，他在卷首特別題詞這本書贈給一個英國年輕人威利・希斯（Willie Heath），此君在前一年才剛辭世，享年才二十一歲，沒有人知道這個人是誰，事實上在普魯斯特經常來往的朋友圈子裡也沒有人知道這個人，後來我們在普魯斯特為此書所寫序言裡讀到，這是當時他有一天早上在布龍森林散步時所認識的一位英國年輕人，他第一眼看到他時，立即被他的俊美身影和充滿性靈的神情所吸引住，他覺得他整個氣質和他所喜愛的巴洛克時代荷蘭畫家范・戴克（Van Dyck）的畫中人物很神似，他感覺無比傾倒，立刻愛上他了。王爾德說過，人生模仿藝術遠甚於藝術模仿人生，這話最能印證在普魯斯特身上，他後來在《去斯萬家那邊》一書中描寫斯萬和奧黛特第一次相遇，本來奧黛特並不是斯萬所喜歡的女性類型，可是後來他發現她和他所喜歡的義大利文藝復興時代畫家波提切利（Sandro Boticelli）畫中的女性很神似，後來竟愛上了她，幾至無法自拔，等到覺得她對他已經沒有魅力了，竟還硬著頭皮和她結婚，種下下半生不幸的悲哀下場，等到老來時還不停懊惱後悔，竟然可以和一個自己一點都不愛的女人同床共眠三十年，最後只得含恨以終；現實人生不也是這個樣子嗎？

威利英年早逝，讓普魯斯特很傷心難過，他決定寫一本小書題贈給他，這就是《歡樂時光》一書的由來。這是一本普魯斯特在高中畢業後到二十三歲之間的塗鴉習作，裡頭包括有隨筆和雜文，以及最重要的，幾篇短篇小說的習作，也是這本書寫得最好的部分（其中我特別推薦〈席凡尼子爵之死〉和〈布羅伊夫人的憂鬱夏天〉，以及最後的壓軸之作〈妒意的終結〉等這三篇，都是普魯斯特自認為的得意之作，另外比如像〈湖濱相遇〉和〈夢〉，也都是極短篇的極品），都曾經在雜誌上發表過，他自認平庸無奇，不能登大雅之堂，我忍不住懷疑，要不是威利之死，想要送點他什麼，也許就不會出版這本書，他心裡有一股對他無法釋懷的強烈之愛。

如果說《歡樂時光》是普魯斯特的年輕時代習作，會顯得生澀稚嫩嗎？我不得不說，事實確是如此，比如他老是特別喜歡花費筆墨描景，海上的落日餘暉或田野上微風徐徐吹來，令人讀來不勝其煩，年輕人在學習寫作，我們不妨原諒他。然而另外一個更確定的偉大事實是，這本書同時也隱含著未來《追憶似水年華》的偉大風格和迷人的核心主題：對生活的不滿和懊悔，以及對愛情的不信任和對死亡的迷惑等等，總之，簡單講，貫穿普魯斯特一切作品的整體核心主題不外是懊悔、愛情和死亡，而這些迷人的核心主題一樣隱含在他年輕時代的作品當中，而且還寫得相當的有見地。

偉大風格，這是許多作家夢寐以求的東西，也是文學創作上極為稀罕的特質，普魯斯特在二十三歲的習作《歡樂時光》一書裡就輕易達到了，後來的《追憶似水年華》只不過是再加以發揚光大而已。美國著名批評家艾德蒙．威爾森（Edmund Wilson）在一九三〇年代說過（完整的七大冊法文版《追憶似水年華》全套書才在一九二七年剛剛出齊），普魯斯特是西方文學上首位把象徵主義的巧妙風格運用到小說創作上面的偉大作家。這是華格納式音樂風格，簡單講就是交響樂式的結構，將各個「中心主題」（leitmotiv）匯集在一起，多管齊下，形成一個五彩繽紛的壯闊世界，這即是華格納音樂世界的特色，我們從《歡樂時光》裡可看出來，普魯斯特在很大程度上是很受華格納音樂的影響的，因為華格納正是他在音樂上的最愛。另一方面，一位義大利批評家把《追憶似水年華》比成是一座峨然矗立在大平原上的夏爾特大教堂，而我則把《歡樂時光》比成像是夏爾特大教堂的一塊美麗磚頭，躲在小角落裡閃爍不停，輔助《追憶似水年華》發光發亮，我們可以把讀《歡樂時光》看成是讀《追憶似水年華》的前置作業，兩者相輔相成。

愛情，普魯斯特筆下的愛情，艾德蒙．威爾森說得很好，普魯斯特是西方文學上談論愛情最具新意的一個人，因為他不歌頌愛情，他甚至詛咒愛情，然其中真理存焉。他筆下的戀人極少表現因愛情的喜悅所帶來的柔情和體貼，他們身上也少有戀人的魅力或成熟的特性，他們根本就缺乏自信，他們必須不斷忍受猜疑所帶來的惱人折磨，始終無法消除乖戾的疑慮，然後因挫折與背叛而受傷，甚至最後以死來告慰自己，藉以解除愛的痛苦，而愛的痛苦竟然不是由於愛情失敗，而是愛的折磨，譬如〈妒意的終結〉，《斯萬之愛》以及《追憶似水年華》中的每一樁愛情（特別是男主角馬塞爾和阿貝汀娜的那段戀情，即使是悲劇收場，其中還是包含了不少令人想笑的成分），無不經過百般糾葛之後最後以悲劇終場。他原來以為愛情可以天長地久，每次一開時始時，不都是這樣？我們都被熱情和幻覺騙了，事實並不是這樣，因為那違反心理學原則和重力原理，看來這世上沒有人比普魯斯特更不信任愛情了，而他竟是對的。

死亡，這是許多偉大作家喜歡描寫的主題，特別是托爾斯泰，普魯斯特自然也不能例外。大約在一八九〇年左右，托爾斯泰《伊凡．伊利奇之死》的法譯本剛出版不久，普魯斯特讀了之後大感震驚之餘，遂萌生撰寫一篇仿作（要知道，托爾斯泰是他最心儀的前輩大師），亦即《歡樂時光》中第一篇〈席凡尼子爵之死〉一文的來源，他想和托爾斯泰一樣探索死亡的奧祕，他從小即已為這個問題感到困惑不已，甚至還非常的著迷。到了最後壓軸〈妒意的終結〉這一篇時，他更擴大把愛和死亡緊緊結合在一起，只有死亡可以終結愛的無謂猜忌和折磨，人的問題不在於得不到愛，而是在得到了愛之後怎麼面對由愛所衍生的更棘手問題。然而愛的悲劇性格在同性戀之間的愛上面更形尖銳，這是普魯斯特自己體會得更為深刻的現象，在《追憶似水年華》裡，這樣的愛甚至變成為一種迫害，其水深火熱的煎熬並不亞於異性戀，甚至更為複雜許多，第四冊《索多姆與娥摩拉》通篇要講的正是這個。納布可夫在《文學講稿》一書中曾批評普魯斯特所描寫的同性戀故事有違常情，比如男主角和阿貝汀娜在一起時，會為她和別的女孩的親密關係而醋勁大發，深覺不可理喻，他說，一個男人可能會為自己的女人對別的男人拋媚眼或投懷送抱而大吃其醋，但絕不會為她和別的女人過分親密而吃醋。這裡充分顯示了納布可夫不僅不懂同性戀，甚至對愛情心理學亦一無所知，才會寫出像《羅麗泰》那樣一廂情願而乏味無趣的戀童愛情小說。就想像力和象徵主義的範圍之內而言，還包括幽默感，更不要說文字之偉大風格的展現，他和普魯斯特相較，顯然是遠遠瞠乎其後的。問題是，自托爾斯泰以後，有誰和普魯斯特相比而不瞠乎其後的？

作者序

本書獻給我的朋友威利・希斯（Willie Heath），他於一八九三年十月三日逝於巴黎。

（你已躺在上蒼的懷裡……告訴我死亡的世界像什麼，不要讓我感到害怕，最好讓我喜歡上它。）

古代希臘人會給死去的親人獻上糕點、牛奶和酒，但我們今天的做法，看似虛幻，如果不是更聰明，卻可能更文雅，我們給死者獻上花和書。我今天給你帶來的就是一本有許多圖畫的書，書中有許多的傳奇故事，要是不讀文字，看看圖畫也行，因為許多偉大藝術的愛好者也喜歡這些圖畫，就是因為這個單純的特質，這個禮物因而顯得高貴。我們可以這麼認為，其中所表現的單純，如同大仲馬所說：「以上帝之名，它創造了最美的玫瑰。」詩人羅貝爾・德・孟德斯鳩也寫過詩（未發表）來禮讚這個，這些詩寫得充滿創意，既優美又充滿活力，令人聯想十七世紀，他這樣描寫花：

為您的畫筆擺姿態開出花朵，

……

您是它們的守護神，您是花朵，

您讓它們死而復生！

他的崇拜者都是一群菁英分子，他們在前面看到的這個名字（威利・希斯），他們可能沒有機會認識，但我希望他們會喜歡這個人。至於我自己，親愛的朋友，我和你認識的時間並不長，最初我經常在早上的時候在布龍森林看到你，你總是站在樹下，在休息的樣子，看起來很像范・戴克畫中的貴族人物，一副優雅沉思的模樣。你的優雅和畫中人物很像，並非來自你們所穿的衣服，而是來自衣服底下的身體，還有身體內在的靈魂：這是一種道德的優雅。你們還有一點很像，那就是憂鬱的氣質，你們的優雅更增加了你們憂鬱氣質的相似性，好比那樹蔭的葉子最深層的陰暗部分，范・戴克就常停在類似樹蔭底下的國王大道上，為他的模特兒畫像。你當時離死期已經不遠，和畫裡的模特兒一樣，我們可以在你們的眼神裡看到陰暗的預感和預備要離去的溫和亮光互相交替著。如果說你那孤絕的傲氣直接屬於范．戴克的藝術，事實上絕不僅於此，你那豐富神祕的內在精神層次更高，應該屬於達文西。我常常看到你的手指舉起，你那謎一般的臉上的眼神和微笑深不可測，而且一語不發，我覺得你看起來就像聖．尚—巴布帝斯特．李奧納。我們當時夢想著，甚至已經開始計畫，去加入一群菁英男女的團體，生活在他們流氣的庇蔭底下，遠離愚蠢和邪惡。

你的生活，你所想要的生活，就像是需要高度靈感之激發的藝術精品，像信念和才華，那樣的生活我們只能在愛裡尋得，如今死亡卻要把你帶走，帶走你的生活，帶走你的一切。死亡隱藏著一股強大力量和神祕，以及生命裡所沒有的「恩典」。像情人要開始戀愛那樣，也像詩人要開始下筆那一刻，病人只有在開始生病那一刻才感覺最接近他的靈魂。生命是一團粗糙的東西，如影隨行緊緊逼壓著我們，不斷戳傷我們的靈魂，當我們和生命的連結一旦解除，會立即感受到一股明亮的溫暖，如釋重負。我小時候讀《聖經》故事，發現沒有一個人物像諾亞的命運那麼乖戾悲慘，由於大洪水的關係，他必須關在方舟裡四十天。不久之後，我經常生病，經常連續好幾天被關在我的「方舟」裡，苦不堪言，就像諾亞被關在方舟裡一樣，看不到方舟以外的世界，過著暗無天日的日子。後來我的病情漸漸好轉，我的母親原來日夜都守在我旁邊，這時就「打開方舟的大門」，出去了，像鴿子一樣，「她晚上又回來了」，不久我完全痊癒了，又像鴿子一樣，「她再也不回來了」。我必須重新生活，不必有母親在旁邊，我要隨時隨地聽到比我母親更嚴厲的說話聲音，還有她旁邊的人，原來我生病時都對我很好，現在態度也都跟著改變了，我的母親告訴我，她們有各自艱困的生活和責任要面對，我不能怪她們。這隻大洪水的溫馴鴿子，眼看著你離開，自己從方舟走出來，帶著重見天日的喜悅之餘，難道不會因再也見不到你而夾雜著一股濃濃的憂愁嗎？生命的暫時停頓是很棒的，好像「上帝的暫時停工」，暫停工作的繼續進行，也藉機消除不良的欲望，病痛的「恩典」將我們帶往超越在死亡之外的現實世界——還有死亡的恩典，我們不必再理會「身上無用的累贅」，不必老是伸手去整理你那「老是合攏不起來的頭髮」，還有母親的溫柔呵護和朋友的熱切關心，我在最虛弱和最憂愁的時候，你們來到我身邊，可一旦我的病情好轉起來，你們再也不跨過門檻過來了，我會為你們的遠離而感到痛苦，你們所有的人再也不理會困在方舟裡的鴿子了。還有親愛的威利，他不認識你們，但在這個時刻，他會多麼想和你們在一起，你們一生所從事的事情，他要在一小時之內全部抬起，承擔不了，最後只好轉身面向墳墓，他們稱之為死亡，「死亡，專門來幫助那些注定無法自我完成的人」。可是如果死亡能夠為我們解除生命重負，卻不能為我們解除我們自己身上的重負，除非我們首先自己活得有價值。

你比我們任何人都要嚴肅，但同時也比我們任何人都要稚氣，不僅因為你心地純潔善良，同時也因為你的心胸開朗樂觀。我初中時代的同學夏勒·德·格蘭西伯爵，他有一種本事很令我羨慕，那就是他隨時可以把大家逗笑，笑個不停，我們永遠不會忘記。

這本書的大多數篇章都是寫於我二十三歲的時候，但有幾篇寫得更早，二十歲的時候（比如〈奧薇蘭特或世俗生活〉或〈義大利喜劇片段〉的大部分，等等）。幾乎都是我騷動不安的生命所激起的無用泡沫，當然現在都已經平靜了下來。日後有機會回頭看這些東西時，我們的繆思可能會覺得索然無味而嗤之以鼻，以輕蔑的眼光去凝視，但人們會在這裡面看到反映在紙上的微笑和舞蹈。

我把這本書獻給你，你是我的朋友裡頭唯一一個不怕批評家的人，我很自信書中也沒有什麼地方的自由語調會驚嚇到你，也並未描繪任何棘手人物的不道德心性，我只想一切求好，可能力有未逮，至於壞的方面，我無法身處其中而仍能優游自在，我只知道如何逆來順受，忍受痛苦的煎熬。在這本小書裡，我只能以真誠的憐憫筆調來呈現我的人物。有一些好朋友，文壇的前輩以及一些愛我的人，他們都分別為我寫作本書提供很寶貴的養分，詩或音樂，不一而足，還有偉大哲學家達魯先生帶有激勵性質的哲學，我認為他的言論將比任何文學作品更能持久，他的思想不僅對我，還有其他許多人，都很有激勵作用，我如今透過這本小書傳遞給你，這是我所能給你的最後的情感保證，做為永久紀念，對我們周圍每一個還活著的人，不管是偉大還是親密，也將會是有價值的永久紀念。

一八九四年七月

席凡尼子爵之死

Ⅰ

詩人說，在希臘神話裡，太陽神阿波羅下凡為亞德麥特王子看管羊群。每個人都把自己偽裝成天神，同時模仿瘋子。

——愛默森

「亞歷克西先生，不要哭成那個樣子了，席凡尼子爵先生可能會送你一匹馬。」

「是一匹大的馬，貝波，還是一匹小馬？」

「應該是一匹大馬，就像卡德尼歐先生那匹一般，但你不能再哭成那樣了……你已經十三歲了！」

亞歷克西一想到就要得到一匹馬，還有自己已經十三歲，便立即破涕為笑。可是此刻他一想到要去見巴達薩·席凡德叔叔，亦即席凡尼子爵，心裡就覺得難過，自從那天聽到他得了不治絕症以來，他已經見過他幾次，可這些天來事情有了變化，巴達薩已經了解了自己的病情，並且知道自己至多只剩三年的時間可以活。亞歷克西不能理解的是，巴達薩叔叔已經知道自己沒剩多少時間可以活在世上，卻從沒露出憂愁樣子，也沒發狂，現在要去見他，自己反而感到十分痛苦。他決定跟他談談他的下一步人生目標，他知道這無法安慰叔叔什麼，也解除不了他內心的憂愁。在所有親戚裡頭，他最喜歡這位叔叔，長得高大英俊，又年輕活潑，人又和善。他喜歡他那灰色的眼睛，金黃色的小鬍子，還有那堅硬有力的膝蓋，小時候他最喜歡依偎在他膝蓋旁而覺得舒適安全，可是另一方面他又覺得那裡像個堡壘而不可親近，比一座廟宇更難接近，他還是喜歡坐在那上面，像在騎木馬那麼有趣。他父親對他期望很高，因此也就特別嚴厲，他希望他將來能夠像有教養的婦女那樣彬彬有禮，或像國王那樣肅穆威嚴，最好能夠向巴達薩叔叔看齊，在他身上學習一個男人該有的高貴氣質。叔叔長得很帥，有人說他跟他長得很像，但叔叔除了帥之外，也很聰明，而且人又慷慨大方，很有主教或將軍的架勢。當然，他的父母曾跟他提醒，席凡尼子爵也是有缺點的，他記得有一次，帕爾瑪公爵跟他提親，他妹妹想嫁給他，（他內心其實是很高興的，表哥尚・加利亞卻在一旁開他玩笑揶揄他，為了掩蓋他的虛榮心，他就裝出很生氣的樣子，甚至咬牙切齒暴怒起來，亞歷克西看到了叔叔很不令人喜歡的一面），公爵還提到說，魯克雷西亞曾公開宣稱不喜歡他的音樂，他更加生氣了。

他父母也曾經多次跟他暗示席凡尼子爵許多令人不悅的行為，儘管他們對此多所批評，他當時還是不太會去理會。
儘管巴達薩叔叔過去曾經有過什麼樣的缺點，如今都已經不重要了，因為他在世的時日已經不多了，當他獲悉自己可能只剩兩三年可活的時候，以前尚．加利亞對他的揶揄，帕爾瑪公爵對他的器重，還有他的音樂飽受批評，如今這些對他來講，都已經沒什麼意義了。然而亞歷克西覺得叔叔還是和以前一樣帥，只是變得更嚴肅和更不愛理人而已，是的，更嚴肅和更孤立。他此刻心中除了感到絕望之外，還交雜著憂慮和恐懼。
所有的馬都已經趕回馬廄安頓好了，他可以離開了，他上了車卻又下來，他突然想到還有一件事情想問他的家庭教師，正要問的時候，他的臉卻突然紅了起來：
「勒格朗先生，您覺得讓叔叔知道我知道他快死了，是好還是不好？」
「沒這個必要，亞歷克西。」
「可是如果由他自己跟我講呢？」
「他不會跟你講。」
「他不會跟我講？」亞歷克西說，感到有些意外，他覺得他的叔叔應該會跟他講，因為每次去他家時，他都會跟他講一位神父視死如歸的故事。
「可是，要是他還是跟我講呢？」

「只能說，他搞錯了。」

「要是我哭了呢？」

「你今天上午已經哭很多了，等一下到他家不要再哭了。」

「我絕不再哭了！」亞歷克西絕望地叫道：「他知道我不會難過的，我也不喜歡這個樣子……唉，可憐的叔叔！」

他開始嚎啕大哭，母親已經等得很不耐煩，過來把他帶走，一起離開了。

亞歷克西和母親一起走進叔叔家大門之後，一位穿制服的僕役過來接過亞歷克西的外套，他們在玄關站了一下，傾聽從隔壁房間傳來的小提琴樂聲，然後僕役帶領他們進到一個很大的圓形房間，四周圍都是玻璃窗，這是子爵平常作息活動的地方。他們一進門，正對面透過玻璃窗就看到一片大海，往旁邊看是一片草坪和牧場，還有樹林。房間的底端有兩隻貓，一些玫瑰花和罌粟花，還有許多樂器，他們等著。

亞歷克西突然往母親身上靠過去，母親以為他要親她，結果不是，他把嘴巴貼近她的耳朵，輕聲問道：

「叔叔今年幾歲？」

「到今年六月就三十六歲。」

他很想這樣問，「你認為他會活過三十六歲嗎？」但是他不敢。

這時一扇門打開，進來一位僕役，亞歷克西感到有些害怕，僕役說道：

「子爵先生馬上就來。」

不一會兒，剛才那位僕役帶進來兩隻孔雀和一隻山羊，那是子爵的寵物，他不管走到哪裡牠們就跟到哪裡。緊跟著又聽到腳步聲，門又開了。

「一定又是僕人，」亞歷克西自言自語，他每次一聽到聲響，一顆心就忍不住砰砰跳個不停，「不會錯，一定又是僕人。」

但他隨即又聽到一個很溫柔的聲音：

「日安，我的小亞歷克西，但願你有一個美麗的假日！」

他發現叔叔正緊緊抱著他，這讓他感到有些害怕，叔叔似乎也察覺到了他的不安，就立刻鬆手去和他的母親寒暄。亞歷克西的母親，也就是他的嫂子，自從自己的母親死後，她就成了他在這個世界上最親的人了。

稍後亞歷克西恢復鎮定之後，發現眼前這位叔叔還是和往常一樣帥氣迷人，在這悲劇性的時刻裡，他並未變得蒼白退縮，他還是一樣活潑可愛。他好想撲過去用雙手圈住他的脖子好好親他，但是他不敢，生怕這一猛烈舉動會傷了他的元氣，畢竟他現在重症在身。子爵那憂鬱哀傷的眼神讓他直想掉眼淚，其實他在健康的時候也是一樣這樣的眼神，現在的眼神有些不一樣的地方是，好像在責備大家對他流露同情的眼光，他覺得很好，不需要任何同情。不管怎樣，他的憂傷還是藏在眼睛裡面，不會從嘴巴流露出來，但畢竟還是存在的，甚至藏在全身各處，和那逐漸凹陷的臉頰共處一起。

「我知道你喜歡乘坐兩匹馬一起駕御的馬車，我的小亞歷克西，」巴達薩子爵說道：「明天他們會帶給你一匹馬，明年我會再給你一匹來配對，到後年你就能擁有你所期待的雙馬馬車了，今年你就先騎他們明天帶給你的那匹，等我這次外出回來再來好好馴服牠。我明天要離開這裡一陣，」他繼續說道：「不會很久，頂多一個月，等我回來之後再帶你去看早場的戲，這是我曾經答應你的。」

亞歷克西知道叔叔要去一位朋友那裡住幾個星期，也知道他們准許他去戲院看戲，只是沒想到一個就快要死的人，竟然還能夠用那麼若無其事的輕鬆口吻談這些事情，他感到有些訝異。在去叔叔家之前，他一直被叔叔將不久於人世的念頭攪和得心神不寧，如今見到他好像沒什麼事情要發生的樣子，的確讓他感到既震驚又疑惑。

「我不會跟著去看戲，」他自言自語道：「我現在彷彿已經聽到在戲院裡演員們插科打諢和胡謅所引起的觀眾爆笑聲！」

「我們剛才進來時聽到的那麼好聽的小提琴樂聲，那是什麼音樂啊？」亞歷克西的母親問道。

「啊，您覺得好聽？」巴達薩很高興說道：「這是一首羅曼史，我以前有對您提過。」

「他還真會演戲哩，」亞歷克西自言自語道：「除了音樂玩得好還不滿足？」

就在這時候，子爵的臉色突然露出很痛苦的樣子，雙頰變得十分蒼白，雙唇緊閉，眉頭深鎖，眼睛充滿了淚水。

「老天！」亞歷克西內心暗叫著，「他故作堅強，表演得太過了，可憐的叔叔！何必在我們面前故意裝成若無其事，自我折磨呢？」

還好，這倒好像鋼鐵般的堅硬束帶突然束緊時，在身體上所造成的突然劇痛，一下子就消失了，不痛了。

他揉一下眼睛之後，又開始了談笑風生。

「這陣子帕爾瑪公爵似乎沒像以前那樣對你那麼好了？」亞歷克西的母親面帶尷尬這樣問道。

「帕爾瑪公爵！」巴達薩大聲叫道：「帕爾瑪公爵沒像以前那樣對我那麼好了？您

怎麼會這樣想？我親愛的嫂子？今早他還寫來一封信，說打算把伊力瑞的城堡借給我住，如果山上的空氣對我有益的話。」

他說著猛然起身，卻又突然想到自己身上的病痛，就把動作放慢下來，然後對一位僕役說道：

「麻煩把我床旁的那封信拿過來給我。」

他拿著信念道：

「久未見面，煩甚……等等，等等。」

隨著把信念完，展露公爵對他的關心和誠摯的善意，巴達薩的臉色變得柔和起來，顯得容光煥發。可是突然之間，也許是為了掩飾心中他認為不當的喜悅，竟咬緊牙齒，露出一個有趣而粗俗的鬼臉，亞歷克西心裡很清楚，叔叔在平靜面對死亡的過程當中，是不允許自己這樣做的。

像巴達薩這時候咬緊牙齒裝鬼臉的動作，在亞歷克西眼中看來，肯定不是一個瀕臨死亡的人會有的行為，一般世俗的人也許會裝出英雄式的勉強微笑，假裝溫和或是大無畏姿態，但絕不可能像叔叔這樣隨性，簡直就是無視於死亡的存在。亞歷克西現在相信，尚・加利亞以前常常揶揄嘲笑他叔叔，現在應該無話可說了，甚至不會像以前一樣對他感到氣憤，因為叔叔已經瀕臨死亡邊緣了，還能夠若無其事一般大大方方去戲院看戲，即使人都快死了，還是不會忘記世俗的樂趣。

剛才在走進叔叔家裡時，亞歷克西同時想到自己有一天也會死去而感到震驚，也許自己會比叔叔活得更久更長，可是叔叔旁邊那些人，像他的老園丁，還有他的老表姊亞列利烏芙女公爵，能再活的時間也很有限了，可是他們仍然活得很起勁，無視於死之將至。像老園丁洛可，已經退休而且身上也已很有錢了，他還是繼續努力工作想賺更多的錢，甚至還在期盼他所栽培的玫瑰花能參加比賽得獎。至於女伯爵，已經七十歲了，老是一天到晚不厭其煩忙著染頭髮，還不時花錢請人在報紙上寫文章稱頌她的年輕活躍，描寫她在許多宴會上如何的精力充沛和優雅大方，周旋在許多客人之間，行動敏捷，神采奕奕。

這些例子並未減低他叔叔的行徑在他身上所造成的驚異，可卻引發他另一層面的聯想，另一個更大的驚異，那就是，他毫無例外也將是一樣，一步一步在邁向死亡，一方面注視生命的同時，另一方面不得不也要孤獨地走向死亡的命運。

他不想學習這些令人驚異的脫離常軌行徑，他要學習課堂上老師教導他們的，有關古代聖賢先哲的光榮事蹟，他要帶著幾個親密的好朋友或家人，退隱到沙漠之中，藉此終老和接受死亡的命運。

值得慶幸的是，他還很年輕，來日方長，他比他們對生命的嘲弄更加強盛有力，何況他尚未飲盡那溫和而豐盛的生命奶汁，他將阻擋一切阻礙。他此後將愉悅地大口飲用他的生命奶汁，同時認真傾聽一切生命的不滿，宏偉有力地排除一切障礙。

II

肉體是憂傷的，哎呀……

——史蒂凡諾・馬拉美

就在亞歷克西和他母親來訪之後的第二天，席凡尼子爵前往附近的城堡，他將在那裡度過三或四個星期，到時會有許多客人來訪。自從他的生命危機出現之後，他常常感到憂傷難過，客人的到訪剛好有助於排解他心中的鬱悶。

不久之後，一位女子的出現立即恢復了他往常固有的生活樂趣，由於有她的陪伴，他的生活樂趣更是加倍了。他可以感覺得到這位女子很喜歡和他在一起，他知道這是一個很純潔善良的女孩，他因此和她保持著距離，因為她此刻正在熱烈企盼她的丈夫來和她相聚，因此他現在拿不定主意要不要去愛她，他心中充滿著稍許的罪惡感。他想不起來他是否曾經對她有過什麼不當的行為，他只記得親過她的手腕並用手圍繞過她的脖子。有一天晚上，他進一步抱她並用手愛撫她，還親她的臉頰、鼻子和眼睛，還有脖子，最後親她的嘴巴，這讓她感到高興快樂。早在巴達薩開始愛撫她之前，她的嘴巴就已露出微微笑意，眼睛像溫馨的陽光那樣閃爍著，可是不知何故，巴達薩的手在愛撫她到一半時卻突然變得僵硬起來，他瞪著她看，有些吃驚，因為她的臉色變得很蒼白，額頭像死人一般毫無色澤，而且，眼睛裡還噙著淚水，眼神混雜著憂傷和痛苦，猶如被釘上十字架或喪失了親人一般。他注視了她好一會兒，發現她正抬起頭用溫柔的眼神望著他看，嘴巴不自覺地微微張開，她在期待他繼續吻她。

他們重新沉浸在接吻和愛撫的愉悅以及瀰漫在四周圍的芳香之中，他們緊閉雙眼，互相緊緊抱著，卻都可以互相感受到在那緊閉雙眼深處靈魂的沮喪不安，此時巴達薩把眼睛閉得更緊，不願意去想靈魂深處的痛苦，好比一個劊子手在砍過犯人之後，在感到懊惱難過以及想到剛剛下手之時雙手的顫抖，忍不住深深緊閉雙眼，不願意去回想剛剛那殘酷的一幕。巴達薩現在的感覺正是如此，他面對面正眼看著她，卻可以感受到她內在的痛苦。

夜晚降臨，她仍待在他的房間，兩眼無神，不再掉眼淚。她這時起身離開房間，不發一語，只是憂鬱而深情地吻了一下他的手。

他一夜無法入睡，有時就快要睡著時，一想到她那溫柔絕望的眼神，就又醒了過來，他想著她此時不知怎樣了，越想越是無法睡著，他感到很孤單。想著想著就下床穿上衣服，輕輕走到她的房間門口，他把腳步放得很輕，深怕她已睡著，把她吵醒了，走到門口後卻又不敢進去，怕會無法忍受壓力而窒息死在那裡。他站在這個年輕女孩的門口，一動不動，他覺得再也無法忍受，有一股衝動想要進去，可是回頭一想，她正在睡覺，他想像她那溫柔的呼吸氣息，也許充滿了懊悔和絕望，如今突然發現他的入侵，不知會有何反應。他就停留在門口，有時坐著，有時跪著，有時就乾脆躺下來，直到早上天亮了，他逕自回去了自己的房間，既寒冷又安靜，上床之後一路睡了很久，醒來時感覺非常愜意。

他們互相心照不宣，也覺得無愧良心，懊悔的感覺逐漸消失，愉悅的感覺也慢慢變淡，當他回到家裡時，他和她一樣，只留下溫和美好的記憶，至於熱情如火的那些時刻，也跟著逐漸冷卻了下來，慢慢被淡忘了。

III

他年輕氣盛，發出了許多雜音，自己卻沒聽到。

——雪維妮夫人

亞歷克西就在他十四歲那天，再度前去探望巴達薩叔叔，這次並未如他所預期的像去年那樣，引發那麼大的情緒反應。叔叔為他所安排的密集騎馬課程，不但使他變得更強壯，同時也消除了他的神經緊張，在他身上形塑出一種年輕力壯的健康體魄，給他帶來某種身強體健的滿足和喜悅。他騎著馬迎風奔馳，胸前的衣物鼓起來像一團膨脹的薄紗，整個身體像一把冬天的火把那樣熊熊發熱。馬奔跑著揚起一團新落的葉子，在他四周圍飛揚著。然後一回來洗個冷水澡讓他精神更加煥發，完全消除了疲勞，一下子又恢復了他年輕豐盛的生命力，巴達薩叔叔為他感到驕傲，他自己也頗能享受年輕生命所帶來的愉悅，當然，年輕和意氣風發有一天還是會背離而去。

沒有一樣事情比叔叔一天一天衰弱，一天比一天更靠近死亡，更令他感到氣餒了，可是他身上血管暢通歡愉的流動和腦中無阻礙的欲念，卻讓他聽不到叔叔病痛的呼號。

亞歷克西現在顯然已達到身體健康的最佳狀況，以及身體和靈魂的最佳平衡狀況，叔叔的身體卻越來越消瘦，然後也許有一天他自己身體的美好狀況也會消失，說不定叔叔的病況會逐漸好起來。他現在已經習慣於叔叔的重病以及將不久於人世的事實，即使他現在還活著，他卻早已把他當作已死，已經為他哭過了好幾回，他把他當作已經不在人世，甚至已經開始在慢慢淡忘他了。

那天叔叔對他這樣說：「我的小亞歷克西，我把馬車和要給你的第二匹馬現在一起給你。」他知道叔叔心裡一定這樣想：「如果馬車現在不給，怕以後沒機會給了。」這實在是一個極度哀傷的想法，可他現在倒是不太感覺得出來，因為在他最深層的內在裡面，事實上似乎再也容納不下這類深層的哀傷了。

幾天後，他讀到一篇報導，描寫一個垂死之人向來鍾愛一位凶惡罪犯，但這位垂死之人對他的溫情和摯愛卻感動不了他，亞歷克西對此感到無比訝異。

夜晚來臨，他久久無法入睡，他感覺自己猶如這個凶惡罪犯，感到十分害怕而無法入眠。第二天，他騎馬漫步，感到非常愉悅，一切進行順利，也感覺自己對父母的愛更加深入，因為他們還活著，他覺得無憂無慮，到了晚上，他能夠心無紛擾地入睡。

然而，席凡尼子爵開始感到行動不便，無法走路，就幾乎再也不走出住家一步，他的親戚和朋友過來整天陪他，他開始對他們透露他過去不可寬恕的愚蠢行徑，荒唐無度的花費，他同時在他們面前暴露反常行為，或是令人感到驚異的缺點，親戚朋友們對此視若無睹，不加理會或就當做他在鬧玩笑，他們一致緘默以對，他不必對他的行為或所說的話負任何責任，他們特別不想用溫和的手腕去安撫他，一想到他將不久於人世，對他生命中最後的裝瘋賣傻，只有置之不理一途。

他常常一個人不停地睡，而且還睡得很甜，以至於他變成在自己的宴會中沒被邀請的來賓。他常常拖著自己羸弱的身體來到窗旁，用手肘靠著窗，望向遠方大海，露出一副既愉悅又哀傷憂鬱的樣子。他腦中充滿著許許多多這個世界的意象，現在卻慢慢在變淡了，變得美麗又模糊。許久以來，他一直在構思自己死去的場景，而且還不斷在修改，充滿著濃烈的憂鬱氣息，好像在創作藝術那般。他想像自己在跟奧莉薇安娜女公爵告別說再見，她是他最要好的柏拉圖式女友，他在她的沙龍裡出入自如，受歡迎的程度遠遠超過一些常來的聲名卓著的藝術家和思想家，還有來自歐洲各地的王公貴族，他想起不久前才對著她朗讀一段小品文章：

「……夕陽西下，透過一片蘋果園望去，海面呈現一片淡紫色，輕如花冠上凋謝的褪色花朵，藍色和玫瑰色相間的小小雲朵漂浮在遠方海平面上。一排白楊樹在陰暗裡搖曳晃動，顯得憂鬱哀傷，在微弱夕陽照射下泛出一片淡淡玫瑰紅，最後幾棵的樹枝勾住欄杆在微光中晃動著。微風混雜著海水、濕透的樹葉和牛奶等三種味道徐徐吹來。席凡尼子爵所居住的鄉村風景，從未像今晚這樣，既顯得憂鬱又令人感到愉悅。」

「我一向都很愛您，可是好像從來沒給過您什麼，我可憐的朋友。」女公爵對他說。

「您說什麼，奧莉薇安娜？您沒給過我什麼？您已經給過我比我所期待的還要多很多了，我還經常為此銘感五內，感激不盡，在我眼中看來，您就像聖母瑪丹娜，也像個溫柔體貼的保姆，不斷給予我溫暖的慰藉。我誠心誠意愛您，我們之間的情誼是無可比擬的，一杯熱茶，一塊餅乾，一場順暢無礙的愉快談話，那就是一切了，您該知道，您那雙美麗而充滿母性的雙手曾經抹去我額頭的發燒，也曾在我乾癟的雙唇注入多少蜜汁，在我生命中形塑出多麼高貴的意象。」

「親愛的朋友，讓我親吻您的雙手吧……」

他也想到義大利西西里島的匹亞小公主，她現在似乎已經不太關心他了，但他還是全心全意在愛著她。可她最近卻瘋狂愛上卡斯杜魯奇歐，不僅讓他醋意叢生，更令他感受到人世變幻莫測，不可捉摸，他真想忘掉這一切。不過是才前一陣子而已，他還和她一起過節日，兩個人手牽手一起在街上漫步，他想向他的對手示威，讓對方知難而退，沒想到小公主一雙眼睛根本不在他身上，就是心不在焉，根本不把他當一回事，要不是重病在身，他真想當場發作。現在，他是完全無計可施了，他的雙腿早已不聽使喚，連走路都成問題，根本就不可能出去了。不過她還是會常來看他，她每次來看他，和他講話時總是輕聲細語，一副溫柔體貼樣子，他懷疑其中必有陰謀，因為這違反她過去的暴烈習性，不過他還是感到安慰，讓他心裡覺得平靜一些。

一天，他從座椅站起來走向餐桌，竟然可以走得四平八穩，他的僕人們都感到很驚訝，這時他的醫生剛好來到門口，正準備要進來。第二天，他走得更加地平穩，一個星期之後，醫生允許他可以走出家門了，來陪他的親戚和朋友都抱以莫大的希望，好像看到了一線曙光。醫生的解釋是，他身上不期然出現一種神經系統的抗體，影響到他原來的癱瘓性疾病，甚至將它整個消滅，現在這個要命的病原差不多慢慢在消失了。醫生把這個狀況告訴巴達薩並肯定地跟他說：

「您得救了！」

當初獲悉自己將不久於人世時，心裡竟萌生一種彷彿得到恩寵的喜悅，覺得很感動，在經過一些時日之後，這種感覺不斷增長，反而變成一種尖銳的憂慮，經過高峰之後，竟慢慢成為一種慣性，不再有什麼特別的喜悅了。在生命無常的庇蔭底下，處在這種不斷往前推動的力量之中，有某種力道和思維做後盾，在他身上不斷增長想死的欲望，對此他倒未曾料到，他甚至微微感到一陣恐懼，如果現在不死，還真不知道以後要怎麼繼續活下去，他不知道如何重新恢復以前舊的習慣，以及如何面對那些圍繞在他身旁不斷給予他慰藉的人。另一方面他也感到困惑，那就是他早已適應他將不久於人世的事實，他所想和所做的一切都是以死亡的事實為出發點，他甚至為此感到愉悅，如今要忘掉這些是有些困難了。他想到有一次還和一位和善的陌生人在海邊愉快地聊天，一聊就是幾個鐘頭，他望著遠方海上漂浮的小船，和陌生人談了許多自己的事情。他現在的感覺就好比一個年輕人從小離開家鄉之後，突然回到他出生的地方，會覺得無法適應一樣。他現在從已經適應得很好的死亡的異鄉回來，對死亡竟產生了一種眷戀感情，他原以為那會是他永恆的放逐異地，現在卻不得不離開了。

他出來表示他的病好了，尚．加利亞知道他的病痊癒了，就大肆抨擊他並和以前一樣，不斷揶揄嘲弄他。他的嫂子，兩個月來每天早晚都會來看他，如今已經兩天沒來看他了，真不知道是怎麼了。許久以來他早已卸去生命的重負而活得輕鬆自如，如今他可不願意再回去過那樣必須承擔重負的日子，那樣的生活對他已不再有什麼魅力可言，然而隨著他身上的力量慢慢在恢復，想再生活的欲望竟跟著萌生出來，他又開始外出，再度活動了起來，他期待第二度的死亡再度瀕臨。一個月之後，原先造成他身體癱瘓的重症又再度復發了，他又慢慢變成和以前一樣，沒辦法自由自在走路了，病情進展得很慢，讓他可以再次慢慢回去適應死亡和品味死亡，這次他不僅可以再度感受生命逐漸脫離的感覺，甚至可以在一旁好好注視著它如何在現實世界中慢慢消逝，好像在注視一幅畫那樣。現在他心中甚至充滿著一種虛榮的感覺，帶著惱怒，燃燒著懊惱悔恨，懊惱自己從未去好好去品味那種就要死去的樂趣。

他的嫂子，他一直很敬愛她，這次病情復發，她每天帶著亞歷克西來看他好幾回，讓他在這接近生命終結的時刻裡感到非常安慰。

一天下午，嫂子照例前來看他，就在快要抵達他家門之時，不知何故，拉她所坐的馬車的馬突然發狂，把她從馬車上摔了下來，一位騎士剛好經過，把她救起並立即送往巴達薩家裡就溜開了，嫂子的頭蓋骨裂開了，昏迷不醒人事。

馬車夫沒受傷，立刻跟子爵報告這樁意外，子爵一聽，臉色一陣慘白，緊咬牙齒，不停厲聲斥罵馬車夫，大家看得出來，他的這種情緒的爆發似乎在掩飾他心中的難過和驚惶，隔了一會兒，等氣消了之後，他突然跌坐在一張椅子上，嚎啕大哭起來。

等哭了一陣之後，他吩咐僕人弄一盆水過來，他要洗一下臉，免得等一下讓嫂子看到他難過狼狽的樣子，僕人告訴他嫂子剛剛昏迷了過去，此刻尚未甦醒過來。整整兩天兩夜，子爵不眠不休守在嫂子的身邊，他很擔心嫂子隨時會死去，第二天晚上，醫生還為她做了一個緊急手術，隔天早上燒就退了下來，人也清醒了，並露出笑容瞪著子爵看，子爵忍不住掉下了喜悅的眼淚。當死亡一步一步往他進逼之時，他可以義無反顧去面對，現在，當他沉浸在她最親的人的死亡當中，他反而受到了驚嚇，這時，他屈服了。

他感到堅強而自由，他深深感覺到他自己的生命並沒有比嫂子來得珍貴，他現在終於可以在嫂子身上感受到先前別人表現在他身上的憐憫，他現在可以再度正視死亡而無所畏懼，他不要圍繞在他身旁的那些憐憫，他要保持這種姿態直到最後一刻，他們說要給他弄一個美輪美奐的臨終場面，他才不要這類無意義的裝飾活動，他早就在他們面前抹除掉生命的神祕性了，他要在最後的時刻更增強這層抹除其神祕性的要求。

IV

明天，明天，又明天，

一天一天邁著碎步前進，

直到命定時間的最後一刻；
我們昨日所有的一切都為愚者照耀著
通往寂滅死亡的道路。滅了吧，滅了吧，短暫的燭火！
人生只是像個晃動的影子，像一個可憐的演員，
在舞台上高昂闊步演出他的角色，
然後無聲無息退下。這是一則由白癡
所講的故事，充滿聲音與憤怒，
毫無意義。

——莎士比亞《馬克白》

巴達薩就在嫂子受傷臥病期間，他的病情急速惡化，據聽告解的神父所言，他大概再活不過一個月了，這時是上午十點鐘，他一聽忍不住眼淚婆娑而下。這時一輛馬車停在他城堡門口，下來的人是奧莉薇安娜女公爵，他曾設想要把自己死亡的場面裝飾得和諧宜人一點：

「……那將是一個天氣晴朗的夜晚，太陽已經下山，透過蘋果園望去，海面上一片

平靜，輕如花冠上褪了色澤的花朵，像淡淡哀愁那般挺立著。藍色和玫瑰色相間的小小雲朵飄浮在遠方海平面上……。」

這時是上午十點鐘，奧莉薇安娜女公爵抵達時，天空懸得很低，四周一團烏黑，正下著滂沱大雨。他實在是虛弱到無法起身，他對一切事物的興趣早就蕩然無存，以前他感覺是生命裡的恩寵和榮耀，或是充滿魅力的東西，如今看來都已變得索然無味。他吩咐僕人跟女公爵說他太虛弱了，無法見她，但女公爵堅持要見他，他還是不想接待她。他知道他們之間的感情淡了，沒必要非得如此不可：她已經對他不具任何意義了。死亡迫不及待扯斷了他們之間的親密關係，幾星期以來他早就知道，他對她的臣服關係將要終結了，他嘗試著要去好好想她，可是在他內心最深處，他在她身上實在再也看不出有什麼值得懷念之處，他的想像和虛榮終於可以關閉了。

然而，就在他死去之前大約一個星期左右，他聽到消息說匹亞小公主將和卡斯杜魯奇歐一起參加波希米亞女公爵的舞會，一起跳沙龍舞，他一聽到這消息，不僅妒火中燒，還相當的憤怒。他吩咐人去把匹亞帶來這裡，可是嫂子不太同意這樣做，他堅持到底，他認為他們就是不想讓他見她最後一面，簡直就是在迫害他，他憤怒到了極點，大家不想再折磨他，便立即去找到匹亞並把她帶過來。

當她抵達之後，他顯得極為冷靜，並露出極深的憂傷樣子，他立刻把她叫到床旁來，什麼都不說，一開口就提及波希米亞女伯爵家舞會的事情，他對她說：

「我們不是親戚，你沒必要為我帶孝，但你現在必須在我面前起誓：不要去參加那個舞會，答應我絕對不去。」

他們互相對望著，在對方眼珠子看到痛苦哀傷的靈魂，死亡卻把他們隔開了，他感受到了她的躊躇不決，他的嘴唇微微顫動著，他說：

「喔，您不必現在就答應，對一個瀕死的人當然不能隨便許諾，要是您現在拿不定主意，就不必勉為其難。」

「我現在是無法答應你，我已經兩個月沒見到他了，也許以後永遠再也見不到他了，因此如果這次舞會不去的話，我是永遠無法原諒我自己了。」

「既然您那麼愛他，這樣做當然是對的，人都會死……您現在活得很好……但您要稍微為我設想一下，在您想到參加舞會之前，是否應該先想到來陪我，讓我們的靈魂再度交流一番，一起回憶我們曾經有過的快樂時光，稍微想想我。」

「我不敢貿然答應您，這次的舞會極難得，時間也很短促，我能和他相聚的機會很少，我不能輕易放棄。舞會過後，我會每天抽出一點時間來陪您。」

「不可能，您會把我整個忘掉，您要忘掉我可以，等一年以後吧，哎呀！您會想到我，像是對我的一種施捨！我知道再也見不到您，沒機會了……也許只能在靈魂深處互相交會，我的靈魂會一直敞開著，讓您進來和我交融，可那要等多久啊！十一月的雨季會讓我墳前的花朵腐爛，六月又太熱，會讓花朵燒焦，我的靈魂會無法忍受這些而哭泣起來。啊！我期待有一天，比如我的忌日，您會想到對我的記憶，好好想起我來，我多麼期待您會這樣做。好好想著死者，然而，哎呀，我還真期待您會想到死亡和生命的炙熱，那是我們的眼淚，我們的歡樂，以及我們的雙唇未曾做到的。」

V

「一顆高貴的心破碎了。」
「晚安，可親的王子，一群天使正在唱著歌哄你入睡。」

——莎士比亞《哈姆雷特》

這時高燒伴隨著譫語出現在子爵身上，大家把圓形大房間裡的床調高，讓他躺得舒服一些。亞歷克西十三歲時曾和母親來這裡會見過子爵，那時子爵還很神清氣爽，從這裡可以望見外面的大海，港邊的堤岸，還有另一邊的草坪和牧場，以及樹林。過去幾個星期以來，子爵有時想嘗試說話，但他的嘴巴卻不受思想的指揮，講出來的話經常不知所云，有時則會對看不見的某個人不停謾罵，因為對方嘲弄揶揄他，他同時不斷反覆講他是本世紀第一名音樂家，也是當代最偉大歌唱家，然後突然停下來，對著馬車夫要求帶他去馬廄，把馬鞍弄好，他準備要去打獵，緊接著又要求幫他準備信紙，他要寫信給歐洲各國君主，邀請他們來參加他和帕爾瑪公爵妹妹的結婚晚宴，然後他拿起床旁一把裁紙刀，當做手槍瞄準自己作自殺狀。他會派信使去打探昨晚被他狠揍的警察是否死了，然後作狀抓住一個人的手，笑著對他說一些猥褻的言語。人們稱之為毀滅天使的意志和思想，再也無力在黑暗中召喚惡劣情緒和模糊記憶回來。三天後的凌晨五點左右，他被噩夢驚醒，他依稀記得夢中情景，他問旁邊的人他睡覺作夢時，他的朋友或親戚是否有來夢中參加他所舉辦的那場既久遠又糟糕的宴會，又問他剛才是否說了許多夢話，要求趕快把他們趕出去，等他回神了再讓他們進來。

他睜開眼睛，在房間四處張望，他微笑著瞪著房間的那隻黑貓看，牠正爬上一個中國花瓶，用鼻子嗅一嗅花瓶裡的菊花，動作很像一個滑稽劇演員。他要所有人都出去，只留下神父和醫生兩個人，他不停和神父交談，卻不肯告解，他問醫生聖餐餅是否對胃腸有害。一個鐘頭之後，他要求他嫂子及尚．加利亞進來，他說：

「我要走了，就要死了，就要來到天主面前，我覺得很快樂。」

房間的空氣顯得很淡，他們把面對大海的窗子打開，但是有一股強勁的風從另一頭吹進來，他們就把面對牧場和樹林的窗關閉。

巴達薩要求把他的床拉到開著的窗子旁邊，遠處堤岸上有幾個水手正在用繩子把一艘船拉進水裡，一個看起來很俊美的十五歲左右的少年水手正站在岸邊，身體往前傾斜，每次海浪一打上來，感覺他會掉到水裡，但他沒有，他站得穩穩的，原來他手裡抓著魚網正在撈魚，嘴裡還叼著一根菸斗。這時一陣微風吹進房間，輕拂著巴達薩的臉頰，還吹起桌上一張白紙。巴達薩把臉從海面上轉開，他不想繼續看著這幅賞心悅目的美景，他一直很喜歡這幅美景，可惜以後再也看不到了。這時他望向近處的海港：一艘三桅的船隻正要啟航。

「這艘船正要航向印度。」尚．加利亞說道。

巴達薩看不清楚站在橋上揮著手帕的人們的表情，但他可以聽到他們此刻的叫聲，以及想像他們泛紅的眼眶。船隻慢慢往西邊移動，往陰暗的海面慢慢駛去。海面上瀰漫著一層金色薄霧，薄霧和雲朵以及海面上一些小船交織在一起，好像對著船上的旅客發出模糊和綿延不絕的低吟聲音。

巴達薩要求關上他這裡的窗子，然後打開面向牧場和樹林那邊的窗子，他望著那片草坪，還可以隱約聽到三桅船隻上面的旅客對岸上人們發出的道別聲音，同時還可以看到岸邊那位正在撒網捕魚的少年水手，嘴裡仍然咬著菸斗。

巴達薩的一隻手一直動個不停，他突然聽到幾聲深沉細微而清脆的響聲，好像是心臟跳動的聲音，仔細聽原來是遠方村裡傳來敲鐘的聲音，這些聲音穿透晚間清澈的空氣，飄過平原和溪流，抵達他那靈敏的耳朵。這時，他可以深深感覺到他心臟的跳動聲音和遠處村裡傳來的鐘聲緊緊交織在一起，溫暖而柔和。他最喜歡在入夜時分聽到從遠處村裡透過清澈空氣傳來的鐘聲，他回想小時候每當從外面回到家時總會聽到這樣的鐘聲，心中感覺無比歡愉。

這時醫生走到眾人之間，說道：

「一切結束了！」

巴達薩閉著眼睛休息，他的心還在聽著遠方的鐘聲，他的耳朵已經被身上的死亡癱瘓，什麼都聽不到了。他彷彿又看見母親，他每次從外面回來時，母親總是抱他和吻他，晚上睡覺時，母親總是用雙手搓他的腳，他睡不著時，她總是在一旁陪著他，直到他睡著。他想起了他的《魯賓遜漂流記》，還有每個晚上在花園裡聽妹妹唱歌，他的家庭教師曾說他很有音樂天分，有一天一定會成為偉大的音樂家。他知道母親對他有很高的期待，可就是從不表示出來，如今沒有機會了，母親和妹妹對他的期待始終未曾實現，他為曾經錯待妹妹而覺得難過。他彷彿又見到花園裡那棵大樹，他就在那裡舉辦訂婚儀式，可隔不久婚約竟取消了，只有母親不斷安慰他。他想到他怎樣親他的老女僕，還有開始學小提琴那一天，所有這些往事不斷一幕一幕再度湧現在他腦海裡，他彷彿從溫和而哀傷的遠處亮光中重新又看到了這一切，卻又好像憑窗往外面田野望去卻又什麼都看不到。

他彷彿又看到了這一切，但醫生靠過去聽一下他的心跳，才不過兩秒鐘光景，就說：

「一切結束了！」

他站起來又說了一遍：

「一切結束了！」

亞歷克西和他母親以及尚・加利亞，還有剛剛抵達的帕爾瑪公爵，一起跪了下來，僕人們在敞開的大門前面開始哭了起來。

一八九四年十月

薇奧蘭特或世俗生活

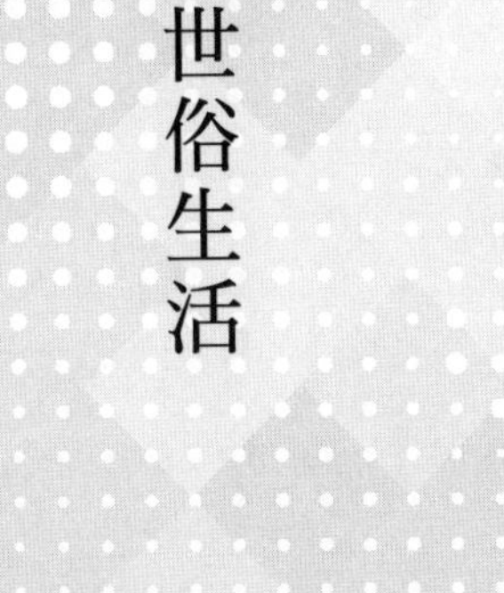

不要和年輕人或是世上俗人有什麼利益往來……也不要出現在達官貴人面前。

——《耶穌行傳‧第一篇第八章》

第一章　薇奧蘭特愛好沉思默想的幼年

史蒂莉子爵夫人既慷慨大方又和善親切，非常有魅力，她的丈夫，也就是子爵大人，神采奕奕，長相很英俊端莊，和她一樣渾身充滿魅力。他們有一個女兒，名叫薇奧蘭特，從小在史蒂莉的領地出生長大，生長在遠離塵囂和與世隔絕的淳樸鄉下，像剛長成的石榴樹一樣，清新剔透，完全未沾染粗俗流氣的氣息。她長得很漂亮，和父親一樣神采煥發，而且也和母親一樣慷慨大方，身上充滿迷人的魅力，她就像是父母兩人美妙結合之下的和諧產物。然而，她那善變的心思所形成的任性傾向，卻是無邊無際，毫無束縛箝制，無法為父母所理解和掌控。母親曾為此異常擔心，而且這種擔憂與日俱增，直到有一天她和丈夫兩人在一次狩獵活動中不幸墜馬身亡，讓薇奧蘭特在十五歲就當了孤兒。薇奧蘭特從此必須一個人獨自生活，唯一和她做伴的人是城堡的老總管兼她的家庭教師奧古斯丁，此外她就沒什麼朋友了，她只能在睡夢中結交夢幻的好朋友，並互相宣示忠誠，死而後已。她有時就帶著他們到處散步，穿過公園的步道來到鄉間，一直走到海邊看海，那裡正好是她母親領地的邊界。他們把她舉高，放寬視野看盡一切，包括那些看不到的一切，她感到心曠神怡，以及無盡的喜悅，只有偶而被心中突然來襲的憂愁打斷。

第二章　色欲

不要依靠著在風中吹動的蘆葦，那是不可靠的，所有的肉體就像地上的雜草，所有的榮耀就像田野上的花朵。

——《耶穌行傳》

除了奧古斯丁和鄉下一些小孩，薇奧蘭特再也沒見過任何其他人，還有一位就是她母親的妹妹，她有時候會來看她，這位阿姨住在居利安茲她自己的城堡裡面，距離這裡大概有幾個鐘頭的行程。有一天，她又來探望薇奧蘭特，有一位名叫歐諾雷的十七歲少年陪她一起前來，薇奧蘭特不喜歡這位少年，就想要趕快把他弄走，她陪他走過公園的步道，一路上他一直對她說些很不得當的話，她生平第一次聽到這些話，感到很羞恥，卻又很愛聽。不久太陽逐漸要下山了，他們已經走了很久，兩個人就坐到路旁的椅子上休息，欣賞著遠方海上美麗的落日餘暉，這時歐諾雷藉故怕她會冷就靠了過去，慢慢把她皮衣上的領子拉高來遮住脖子，嘴巴慢慢貼近她的耳朵，她沒抗拒，這時突然從旁邊樹葉叢裡傳來一個聲響，「沒什麼。」歐諾雷輕聲說。「是我姨媽。」薇奧蘭特說。那是風在吹動樹葉所發出的聲響，這時薇奧蘭特站了起來，說她覺得很冷，說著就離開了歐諾雷，不理會他的乞求。事後她感到很懊惱，全身無力，躺到床上睡了整整兩天，老是覺得枕頭一直在燃燒。到了第三天，歐諾雷前來求見，她不想見他，叫人回話推說她外出散步，歐諾雷知道那是推辭的藉口，就逕自離開了。隔年夏天，薇奧蘭特又想起了歐諾雷，覺得既甜蜜又懊惱，她知道他正準備要上船當水手，她想起就在一年前而已，他們一起坐在路旁的椅子上，欣賞著遠方海上夕陽西沉的美麗景觀，她想起他伸出舌頭舔她的耳朵的樣子，他那綠色的眼珠微閉著，卻透露出微微的亮光，在她臉上跳躍著。每當夜深人靜她自己一個人的時候，在這廣闊無垠和神祕的夜裡，確定沒有人能夠刺探她的祕密時，她就想起歐諾雷在她耳旁所說的那些粗鄙低俗的淫穢話語，然後大聲重複說出，而感受到一種肉體上的快感。有一晚在吃晚餐時，她微笑著對坐在他對面的老奧古斯丁說：

「我覺得很鬱悶，親愛的奧古斯丁，」薇奧蘭特說：「沒有人愛我。」她緊跟著又說。

「可是，」奧古斯丁說：「一個禮拜前我去居利安茲幫忙料理圖書室的事情，我聽到有人提到你說：『她好漂亮啊！』」

「誰說的？」薇奧蘭特憂鬱地問道。

她的嘴角泛出一絲微微的笑意，好比早上拉開窗簾時投射進來的第一道溫煦陽光那般，暗地裡隱藏著一股溫暖和得意。

「去年來過我們這裡的那個年輕人，歐諾雷先生。」

「我以為他出海去了。」薇奧蘭特說道。

「他回來了。」奧古斯丁說道。

薇奧蘭特一聽立即起身，迫不及待奔回房間，急忙坐下來寫一封信給歐諾雷，要求他趕快來看她。當她拿起筆準備要開始寫信的時候，心中竟湧出出一股幸福的感覺，有著一股無以名狀的力量。在此之前，她那善變不定的性情一直在引導她的生命走向，盲目追求性靈的滿足，他們兩人的命運齒輪就像機械一般各自隔開在運作，沒有交集，她現在應該主動來加以小小的改變，讓他出現在夜晚，在陽台上，而不是在她從未滿足的性靈的空洞而慘淡的渴望中，如今她想要的是，空虛夢幻的實現，以及全心全力投入此一實現的努力當中。第二天她收到了歐諾雷的回信，她坐在去年他們曾經坐著擁抱在一起的那張椅子上，顫抖地讀著他的回信：

小姐，

我收到您的信的時候，正好是我的船開航前的一個小時，我們這次回來下船的時間才一個禮拜而已，此番出航要四年後才能回來。但盼記憶長存，耑此謹覆，盼見諒。

敬愛您的　歐諾雷敬上

薇奧特蘭失神地望著公園裡的平台，他再也不會回來這裡了，再也沒有人可以來填滿她的欲望。大海帶他來，然後又帶他離去，在她內心想像裡，那驚鴻一瞥的神祕和哀傷魅力將永留心底，那樣的魅力就像大江大海，無邊無際，深不可測，薇奧蘭特想著想著，不禁淚流滿面。

「可憐的奧古斯丁，」那晚她對老總管說：「我真不幸啊！」對她而言，獲得信心的首要之務竟是來自對色欲期盼的失望，按理應該是來自對愛的滿足，她就是還不懂愛，也許不久之後她就會了解，為愛受苦就是懂得愛的唯一方式。

第三章　愛的痛苦

薇奧蘭特跌入了愛河，她的對象是一個叫做勞倫斯的英國年輕人，是幾個月來她日思夜想的目標，也是她不斷想行動的對象。自從有一次和他去打獵回來之後，不知何故，滿腦子想的都是他，滿心期待能夠再見到他，搞得晚上想他想到無法入眠，白天也弄得心神不寧。薇奧蘭特是真的陷入了愛河，但她還要裝出一副倨傲的樣子，勞倫斯熱愛人群，她必須在人群裡追隨他的蹤跡，可勞倫斯卻從未多看這位二十歲年紀的鄉下姑娘一眼，她因為哀愁過度和醋意叢生而病倒了。她努力希望能夠忘掉他，但她的自尊心卻受到了傷害，因為她發現許多比她更不如的女孩反而比她更受到他的垂愛，她決心要來打敗她們。

「我要離開一陣，親愛的奧古斯丁，」她說：「我要來去奧地利宮廷的附近。」

「老天保佑您，」奧古斯丁說：「您一離開，我們這裡的窮人會失去依靠和幫助，何況您要去的地方壞人何其多，今後再也沒有人在樹林裡陪小孩們玩耍，誰要在教堂裡為我們彈風琴？今後再也看不到您在鄉村裡畫畫寫生，再也聽不到您唱歌了。」

「不要擔心，奧古斯丁，」薇奧蘭特說：「你只要把我的城堡照顧好就好了，還有那些農人們，這個世界不會對我怎樣，我會沒事的，不管外面的世界多麼險惡，我會懂得如何自我保衛的。一股好奇心促使我想要走入這個世俗世界去看看，我要試試世俗生活的滋味，一方面像度假，另一方面也像在學校學習，有一天當我對我的情況滿意了，就像假期結束了那樣，我就會立即回到鄉下來，回到你的身邊，重拾舊日的生活，親愛的奧古斯丁。」

「您確定您能做到這一切？」奧古斯丁問道。

「有志者事竟成，」薇奧蘭特說道。

「您會不想再要舊有的東西。」奧古斯丁說道。

「為什麼？」薇奧蘭特問道。

「因為您會改變。」奧古斯丁說道。

第四章　世俗生活

世上一般的人都顯得那麼平庸，薇奧蘭特很看不起他們，就刻意和他們保持距離，不想和他們混雜在一起。一些貴族老爺都裝出一副高高在上的樣子，許多藝術家則是粗魯無禮，他們卻不斷對她獻殷勤，她表現自命清高樣子，不但聰明，而且品味高尚，同時還故意裝腔作勢，穿袍子，身上灑香水，許多裁縫師和理髮師，甚至藝術家，都跟在她後面學樣子，奧地利一家最著名服飾商還請她代言，一位歐洲地位顯赫的王公也請她答應做他的情人，她都拒絕了，她不願意隨便施捨她的優雅品質，一時之間，她竟成為名聞遐邇的風尚代表人物。有一天，登門求見的許多年輕名流當中，她赫然發現有一位竟是勞倫斯，一想到他先前曾令她傷心痛苦，她此時見到他時竟覺得對他十分反感，而且他還露出低聲下氣樣子，更令她加深對他的嫌惡，可是她回頭一想：「我實在沒權利對他生氣，我當初會愛他並不是他的內在靈魂有何特出之處，並沒看出原來他是那麼猥瑣卑鄙，還盲目地為了愛他而受苦，可見一個人可以同時是猥瑣卑鄙，竟又迷人可愛。人的感情實在很奇怪，你可以一時之間如癡如迷，但一轉頭不但變得不愛，甚至還加以鄙夷，不屑一顧，想見愛這件事絕不是來自理性，即使是柏拉圖式的愛情也不足一顧。」

我們不久將看到，她會更加鄙視色欲的愛情。

有一天，奧古斯丁來看她，打算把她帶回家鄉。

「您已差不多征服了所有王室，」奧古斯丁對她說：「您覺得還不夠嗎？該是回到以前的薇奧蘭特的時候了。」

「才剛剛征服而已，奧古斯丁，」薇奧蘭特回答：「至少再讓我逗留幾個月。」

有一件事奧古斯丁特並未料到，由於下面這件事才促使了薇奧蘭特不想回去。她當時拒絕了至少二十個以上王公貴族以及一位天才人士的求婚，後來答應下嫁給波希米亞公爵，對方提出各式各樣極為優渥條件，外加五百萬杜卡金幣。就在婚禮大典前夕，突然傳來歐諾雷回來的消息，竟差一點就破壞了婚禮的舉行，結果歐諾雷因為一樁意外毀了面容，他只送來他最誠摯的祝福，她為她虛榮的欲望而哭泣，昔日這股欲望像花圈上已經褪了色的花朵那般，如今卻要永遠凋謝了。婚後變成女公爵的薇奧蘭特和以前一樣維持著相同的魅力，公爵的龐大財富不斷往她身上堆積，全身珠光寶氣，極盡奢侈之能事，把她裝飾得像一件藝術精品，她早已變得不像以前真正的自己了。奧古斯丁知道這個現象以後感到很訝異，就寫信給她：「為什麼女公爵現在一天到晚老談著她以前最鄙視的東西？」

「因為我心裡老是覺得空虛和焦慮，而這些並不是一般人所能夠理解，我只有如此做才能壓抑住我的空虛和焦慮，」薇奧蘭特回答道：「可是我一直覺得很厭煩，親愛的奧古斯丁。」

奧古斯丁來看她，並跟她解釋為什麼她會覺得厭煩：

「您以前對音樂的愛好，還有沉思默想、好善樂施、對鄉下生活的喜好，以及孤獨等等，現在都不見了，您現在表面看起來很成功，似乎也很快樂，但我知道事實並不是這樣。人只有從靈魂深處所發出的意願去做自己想做的事情，才可能獲得真正的快樂。」

「你怎麼知道這個道理？你又沒有像我這樣生活過。」薇奧蘭特說道。

「我用想的，這層道理很簡單，稍微想一下就懂了，」奧古斯丁說道：「我知道您很快就會為這種乏味無趣的生活感到厭煩了。」

薇奧蘭特越來越覺厭煩，沒有一天感到快樂過。她向來從不理會世間一切敗德的事情，如今卻如同排山倒海般向她湧來，好像在時間和季節的不知不覺遞嬗之下，許多疾病突然向身體侵襲，無法招架。有一天，她獨自一個人在一條人車稀少的大道上散步，前面突然來了一輛馬車，停在她旁邊，從馬車上下來一位女士，走到她旁邊問她是不是波希米亞女公爵，本名叫薇奧蘭特，並說她是她母親生前的一位好朋友，薇奧蘭特小時候她還曾經抱過她，這時候她開始攬著她的腰，很親切抱她和親她，走了一會兒，薇奧蘭特也不跟她說再見就逕自走開了。隔天晚上她去參加一個以蜜雪妮公主為名所舉辦的晚宴，她並不認識蜜雪妮公主，這時候卻認出來她就是昨天在大道上散步時，所認識的那個討厭的女人。這時一位她所認識並尊敬的老寡婦走過來，跟她說：

「要不要我來給您介紹蜜雪妮公主？」

「不！」薇奧蘭特說道。

「不要害怕，」老寡婦說道，「我敢保證她會喜歡您，她一向喜歡漂亮的女人。」

薇奧蘭特從此刻開始多了兩個討厭的敵人：蜜雪妮公主和老寡婦，她們到處說她壞話，說她是個不近人情和不知好歹的怪物。薇奧蘭特知道了以後心裡很難過，忍不住就掉下了眼淚，真想不到女人的心眼兒真壞。她從此都只參加男人的宴會，不久之後她每個晚上都跟她丈夫說：

「我們後天一起去我的家鄉，我們永遠住在那裡，再也不要離開。」

之後她又參加一個晚宴，她覺得非常愉快，比以前參加過的任何一個晚宴都更加感覺滿足愉快，她穿著精緻美麗大方的長袍亮相，驚豔全場，得到每個人異口同聲的讚美。她嚮往思考性和創造性的個人單獨生活，她願意為別人犧牲奉獻自己，她會為他人的存在和幸福快樂而讓自己受苦受難，因此現在不要太急於要求改變生活，不要輕易放棄世俗的一切，她要慢慢完成她的高貴使命。她繼續舉辦講究排場的奢華晚宴，毫無節制地鋪排浪費，她會為此感到心理不安而後悔懊惱。一次大規模的施捨賑濟活動可能暫時洗滌她內心的汙穢感覺，可能暫時消除人心憤慨的不平現象，然而她要的不是真正的善心，而是優雅行為舉止的展現，她慷慨施捨許多金錢，並耗費許多精力和時間，但她真正的自己卻仍待保留，可以說是深藏不露。她早上會躺在床上作夢或是看書，一副精神不濟的樣子，彷彿凡事置身度外，同時仔細打量自己，好像在照鏡子仔細檢視自己一般，並非讓自己變得高深莫測，而是像賣弄風情那般在孤芳自賞。如果這時候有人來拜訪，她不會繼續躺在床上作夢或看書，她會立刻起來接待。大自然對她再也沒什麼吸引力，有的話就是一種邪惡的感覺，四季變遷所帶來的魅力如今對她而言，也已經沒什麼感覺了，有的話就是裝飾她的儀態的優雅，像冬天，她如今的唯一反應就是冷，秋天應該是感傷和詩意的，如今這樣的善感心扉也被打獵的愉悅所取代了。有時候她獨自一個人在林中散步，她會試圖想找回大自然所曾經帶給她的真正喜悅，然而，當她走在陰暗的樹葉底下時，只能感覺到她的長袍的閃爍亮光。總之，把自己弄得優雅的樂趣顯然破壞了她獨處和作夢的喜悅。

「我們明天離開？」公爵問道。

「後天。」薇奧蘭特回答。

之後公爵再也沒問過她，奧古斯丁等不到她回來，感到很哀傷。薇奧蘭特寫了一封信給他，信裡說：「等稍微老一點，我就會回去。」——「啊，」奧古斯丁回覆說：「您把整個青春都給了他們，您是再也不會回來了。」她再也沒回去過，年輕時她走入世俗世界，努力打造她的優雅，她成功了，年老時，她努力維持她的優雅，卻只是徒然，她失去了她的優雅，一直到要死的時候，她還在努力嘗試再獲得優雅。奧古斯丁曾相信粗俗，他也相信某種力量，這種力量一開始時來自自負，它可以打敗粗俗，還有輕蔑，甚至也打敗了厭煩，它就是：習慣。

一八九二年八月

義大利喜劇片段

當巨蟹、牡羊、蠍子、天秤、寶瓶等這些東西成為黃道宮星圖的圖像代表時，就再也不會顯得邪惡，因此，當我們在一些壞人角色身上看到這些壞的特質時也一樣不會覺得憤怒⋯⋯。

——愛默生

一、法布利斯的情婦們

法布利斯有一個情婦特別漂亮，也很聰明，但他覺得並不是很滿意。「沒有人能夠理解她，」他訴苦道：「她的聰明顯然破壞了她的美貌啦，每當我瞧著她的美貌看時，還要同時聆聽一位批評家的精闢論文，我如何繼續對她保持鍾情呢？」他離開這個情婦，然後又結交了另一個也是很漂亮但是不聰明的情婦，可不久他立即感覺到她由於缺乏敏銳領悟力而魅力盡失，他又不愛了，這位情婦也察覺到自己的不足，就開始大量讀書，藉以顯示自己的聰明和學問，不久之後，她幾乎已經達到了法布利斯上一個情婦的智能水平了，只是顯得笨拙和滑稽可笑而已，他要求她在眾人面前盡量保持緘默，不要開口講話，可嘆即使她不開口講話，她的美貌還是殘酷地反映出她的愚蠢。最後，他又結交另一個女的，這位女士的聰明只表現在優雅的儀態上，而不是一般的言談上面，藉此掩飾她本性中帶有神祕性的魅力，她就像溫馴而機靈的動物，有著一雙深邃靈活的眼睛，保持著溫和的態度。當然，有時早上醒來，也許由於前一晚睡覺時激烈和溫和的夢境的騷擾，她也會露出一副騷亂不安的樣子。一般而言，她像前兩任的女士那樣，毫無困難地會去做一件事情：愛他。

二、蜜爾托女伯爵的女友們

蜜爾托除了聰明善良之外，也很漂亮，但是說到漂亮，卻比不上她的一位女友巴特妮絲，這位女友不但是個女公爵，比她漂亮不說，同時也比她聰明。她比較喜歡另一位女友拉拉婕，論優雅，她們兩人可說不相上下。但她更喜歡克莉安提絲，她很含蓄，不愛現，她並不屬於亮眼那一型的女人。可是在這些女友當中，最讓蜜爾托不會感覺到壓力的，那就是朵麗絲，她的世俗地位比蜜爾托低些，她喜歡和蜜爾托來往，主要是為了她身上極濃厚的優雅氣質，正如同蜜爾托喜歡和巴特妮絲來往是因為她比她聰明漂亮。

我們如果注意到蜜爾托的偏好和嫌惡，就可以看出，巴特妮絲女公爵和她相比處處都占了上風，蜜爾托會去喜歡她不過是為了她自己，就像拉拉婕會喜歡她也是為了她自己，總之，她們都站在不同水平上，都是為了自己的緣故而去喜歡和接近對方。至於克莉安提絲，蜜爾托喜歡和她一起乃是因為她從不在意什麼，不管是去體會什麼或是去喜歡什麼，她的品味都是很真誠，她會為優雅而優雅，而不是為了其他任何的目的。朵麗絲表面看似乎更為單純，事實未必如此，比如她的出發點像是只為了漂亮的欲望而已，她喜歡和蜜爾托接近，可能還是有所企圖，就像小狗老是喜歡圍繞在大獵犬旁邊，心中覬覦的正是大獵犬跟前那堆肉骨頭，道理是一樣的。朵麗絲心裡當然會企盼能夠藉和蜜爾托接近的機會，由此攀上公伯爵之類的高官夫人，即使這中間會有不愉快產生，也是在所不惜，正如同蜜爾托遊走在位階比她高或位階比她低的達官貴夫人之間，經常也會有磨擦或不愉快發生，因而暴露出自己醜陋的一面。至於蜜爾托和巴特妮絲之間的友誼，已經慢慢產生不悅的情況，蜜爾托對巴特妮絲的感覺正如同朵麗絲對蜜爾托那樣，逐漸變了質。拉拉婕和克利安提絲則讓蜜爾托想起自己充滿野心的夢想，而巴特妮絲早已實現她的這類夢想了，相對而言，朵麗絲老是在她面前低聲下氣，她對此表示極度不悅，她早已感受到朵麗絲在她身上所施展的，正是她曾經在巴特妮絲身上所努力在做的，她一直感受著巴特妮絲故作高雅的姿態，她除了心中不悅之外，實在無法可施：她恨她。

三、愛德蒙娜、阿黛吉絲、愛兒蔻

愛兒蔻看到一個輕佻場面，卻不敢對阿黛吉絲女伯爵轉述，但是在高等妓女愛德蒙娜面前，她則是肆無忌憚。

「愛兒蔻，」阿黛吉絲叫道：「您不認為我可以聽這種故事？啊，我知道您對待高等妓女艾德蒙娜的態度有別於對待我的態度，您尊敬我，卻並不喜歡我。」

「愛兒蔻，」愛德蒙娜叫道：「您對我轉述這樣的故事並不會感到羞恥，卻對阿黛吉絲女伯爵隻字不提，可見您並不尊敬我，當然更談不上喜歡我了。」

四、變幻無常

法布利斯自認為將會永遠愛貝阿翠絲，可是他先前愛伊波麗塔、芭芭拉或是克萊麗時，心裡也是這麼想，卻都只愛六個月而已。他現在努力要在貝阿翠絲身上尋找某些特質，讓他相信即使有一天他的熱情消失了，他還會繼續愛她，仍然還會想要繼續找她，即使她不在他身旁，他仍會熱烈想著她，始終維持著她是永遠的且是唯一的假象。然而，他畢竟有他自私的想法，他並不想全心全意把自己所有的時間和感情全數投注在一個單一對象上面，貝阿翠絲很聰明，整體看來很不錯，是個談話的好對象，「要是有一天我不再愛她了，我還可以和她好好維持友誼，有機會大家談談天，談別人，談她自己，還有談我曾經對她有過的愛等等……」（她會很高興，把愛變成誠摯的友誼，他希望如此）。終於有一天他對她的熱情消失了，不再愛她了，他持續有兩年時間不再去找她，終於有一天他還是忍不住去看她了，他覺得很乏味無趣，僅隨意交談十分鐘就走了。他的腦子時時刻刻都在想著茱麗亞，她雖然不是那麼聰明，但她的頭髮很豐盛美觀，感覺很好，同時她有一雙無辜的漂亮眼睛，好像兩朵小花。

五

這世上有某些人外表上過著簡樸而溫良恭儉的生活，看起來也都夠聰明，本性善良熱心，但私底下卻是什麼壞事都幹得出來，當然他們絕不會在光天化日下幹出什麼壞事，因此神不知鬼不覺，沒有人會知道他們的祕密。比如夜裡有人在公園散步時，他們會對這些人施展小小的惡作劇，無傷大雅，卻很令人感到厭惡。

六、失落的蠟像

—

我剛才第一次見到你，席達麗絲，首先我很喜歡你那一頭金髮，你看起來好像在嬰兒頭上戴著一頂金色的小鋼盔，很憂鬱又很純潔的樣子。你身上披著一件紅色的天鵝絨長袍，紅中泛白，讓你那獨特的頭看起來很柔軟的樣子，你的眼皮老是垂著，顯得非常神祕。你抬起你的目光往上看，停留在我身上，席達麗絲，你的雙眸才剛剛經歷幾個清新明媚的清晨，掠過在明朗天氣籠罩底下的奔騰水流，你的這雙眼睛不像一般世人的眼睛那樣，尚未為世俗的穢氣所汙染，然而，再進一步仔細看，卻可以感覺到，你所流露的卻是慈愛和受苦受難的眼神，好像你早在為仙女所生育之前即已知道苦難的存在而勉強來到這個世上，即使是披在你身上的衣物都流露著一股優雅的痛苦氣息，你的兩隻手臂尤其如此，你的手臂看來最簡單卻也是受苦最多的地方，因而也是全身最具魅力的地方。我把你想像成來自遙遠地方的一位公主，跨過幾個世紀，你來到這裡，經過長時間的洗禮，你變得軟弱無力，你是個公主，身上披著古老而優雅稀罕的禮服，眼睛流露著醉人的眼神。我期待著你述說你的夢境，還有你心中的厭煩。我會看到你手持高腳杯，或是長頸酒斛，看起來既高傲又憂傷，如今這幅景觀只能長留在我們的博物館裡頭，你擺著高傲卻空洞的優雅姿態，酒杯是空的，在以前當然不是這樣，在那時威尼斯的奢華晚宴上，每個酒杯都盛滿不停在冒泡的清澈美酒，上面還漂浮著紫羅蘭和玫瑰花。

II

「你怎麼會最喜歡希波麗塔，而不是我剛剛提過的另五個美女？她們都是維洛納地區無可爭議的美女啊。首先，希波麗塔的鼻子太長，根本就是個鷹勾鼻。」——你還說她的皮膚太細，上嘴唇太薄，她笑的時候整個嘴巴翹得很高，嘴角就變得很尖細。不過她的微笑還是很迷人，令人印象深刻，在你看來，她的側面輪廓加上那個鷹勾鼻，整體感覺顯得很冷峻，但在我看來，固然很吸引人，卻讓人忍不住聯想到鳥，她的整個頭部看起來就很像是一隻鳥的頭，你看她那金黃色頸背和過長的額頭連成一氣，還有那尖銳又不失溫和的目光。在戲院看戲的時候，她老是把手肘靠在包廂椅子的扶手上面，她那戴白色長手套的手臂整個往前伸，一覽無遺，用手指頭撐著她的下巴。她那完美的胴體披著一件白色薄紗，像是一隻大鳥張開牠的翅膀，棲息在那裡，這令人聯想一隻縮在牠那優美而細長的的腳掌之間，正陷在夢境中的大鳥。同時之間，看到一旁羽毛扇子不停搖動著，晃動著她那白色的薄紗，也是一件賞心悅目的事情。我從來沒機會見過她的兒子或姪子，據說他們都和她一樣，有一個鷹勾鼻，薄薄的雙唇，炯炯的目光，過於纖細的皮膚，他們都是屬於女神和鳥類的後裔，他們並不知道這些，即使知道也不以為意。經過蛻變之後，翅膀不見了，變成為今天這個女人的樣子，我見過孔雀後代的皇室成員，他們的頭都很小，孔雀背後神祕的波浪狀的豐盛羽毛全都不見了，這個女人的蛻變告訴我們一個奇特的概念，那就是美的顫慄。

七、愛裝高尚的女人

一

一個女人從不會隱藏她愛參加舞會、逛街以及愛賭博的習性，她會不諱言到處講這些事情，甚至帶著吹噓誇大的語氣，但不要跟她說她崇尚高尚，她會不高興大叫，甚至發火，這是她最脆弱的地方，她總是小心翼翼加以隱藏，因為那是她最容易引發屈辱的虛榮所在。她每天期待邀宴的卡片，這樣的卡片不一定得來自最顯赫的公爵階層的人物，只要有人邀請就行了。她的這種行為顯得愚蠢，她就是不要被認為不如別人而沒得到重視，其實這樣愛裝高尚的行徑恰好顯示了她的確有不如人之處，她希望成為人人稱羨的對象，讓自己感到得意。這樣的女人，我們會注意到，常常會把一樣很蠢的東西講得天花亂墜而自覺得意，她會說這個東西很精緻，很有品味，很高級，甚至可以寫一篇美麗的小故事來讚頌它，藉此來巧妙改變她的情人對此樣事物的整個看法。

II

聽明的女人最怕人家說她愛崇尚高尚，而事實上她並不是如此，有時在談話的場合，她就盡量避免去觸碰這類談話題材，絕口不提她心目中的帥哥或有關高尚事物的主題，她談高雅和品味，躲開人家對她的質疑，盡量把主題設定在生活上有關藝術品味的問題。在獨處的時候，她可能尚未擁有高尚的東西，或是曾經有過而現在喪失了，這時候她就會像一個欲望未曾滿足或是被遺棄的女人那樣，不停去想望這類東西，因此有些年輕女性或年長女性，他們會熱衷於談論別人身上有或自己身上沒有的一些高尚東西。坦白講，去談論別人身上所沒有的高尚東西，心情會愉快一些，談論別人身上有而自己身上沒有的高尚東西，則會挑起你自己想像的欲望，然後期盼加以滿足，就像肚子餓了亟待趕快填飽一樣。我曾經看過一位女公爵，她有一個聯盟，都是擁有高尚東西的盟友，大家互相比較，在尚未有欲望之前，就已在享受顫慄的愉悅了。在外省地區，有一些商店的女商家，她們的大腦像一個小鳥籠那般緊緊關閉，杜絕一切高尚的東西，並視之為洪水猛獸，每當郵差為她們送來《高盧報》時，大家就爭相閱讀有關時尚的新聞，外省地區的胃口就是這麼容易滿足，一個小時之後她們恢復平靜，眼睛因為欲望的獲得滿足而閃閃發亮。

III 反愛裝高尚的女人

如果你的生活與世隔絕不和人往來，如果有人跟你提到莫里哀《恨世者》一劇中雅莉安特這個角色，年輕、漂亮、富有，許多男人都喜歡她並愛上她，但是她卻與他們斷絕往來，許多男人並不肯放過她，他們欺負她，甚至凌虐她，這些男人當中有些長得很醜，甚至又老又蠢，她幾乎不認識他們，他們把她關在牢房裡做許多苦役，她任勞任怨，她同時幫助和照顧許多女性朋友，你可能會想：雅莉安特有犯了什麼過錯沒有？她犧牲自己的時間和自由，還有生命的尊嚴和財富，她為別人而活，她的確沒犯什麼過錯。法官幾經掙扎最後判她無罪並還她清白，然而一個嚴酷的詛咒還是強加在她身上：她愛裝高尚。

IV 給愛裝高尚的女人

如同托爾斯泰所說，你的靈魂像一座陰暗的森林，森林裡的每一棵樹都有它特別的系譜。有人告訴過你，這一切都是枉然？對你而言，整個宇宙並不大，它到處都是紋章，這是有關這個世界最突出也是最具象徵性的概念。你身上是否隱藏有一種奇特古怪的東西，具有紋章的形狀和色彩？你有讀過《大巴黎》、《哥達》或是《生活至上》這類在巴黎出版的年鑑？有的話你就會認識布衣耶這個人，他是個知識豐富的學者，他在這些年鑑裡寫了許多有關我們祖先如何打仗勝利的故事，子孫一代一代傳下來，一直到今天，透過這種記憶方法，我們今天才能徹底了解整個法蘭西歷史。這中間的許多榮耀，都是靠多少人犧牲自己的自由和享樂，還有放棄自己個人的志向以及友誼和愛情等等，才艱苦得來的。你會在你現在許多朋友的面容上面看到你祖先的影子，你小心翼翼栽培這些樹木的系譜，你每年帶著喜悅的心情去採摘果實，它們的根早已在這片法蘭西古老土地上緊緊盤住，你今天的夢想建立在過去的基礎之上，才能夠發光發亮。十字軍東征的精神隱藏在你手上每一張名片名字的背後，呼之欲出，是不是讓你精神為之一振，甚至想高歌一曲，像死人在畫滿紋章的石板底下跳出來，大聲吟唱古老法蘭西的榮耀？

八、歐蘭特

你今晚不想上床睡覺，今早起床後也還沒有洗澡？

你為什麼要宣布這個，歐蘭特？

像你那麼有才華的人，老是不想比其他人顯得特出一些，非得寧可獨自扮演一個憂傷的角色不行？

你的債權人不停騷擾你，你的不忠行為讓妻子絕望透頂，你要是穿上禮服，人家還會以為你穿的是僕人的制服，沒有人知道你是為了不讓自己看起來邋遢而這麼做。坐下來吃晚餐時你故意不脫下手套，只是為了讓人知道你根本不想吃東西。晚上半夜發高燒時，還套上你的馬車前往布龍森林夜遊。

你會在下雪的夜裡讀拉馬丁的詩，然後一邊燒肉桂一邊聽華格納的音樂。

然而，你畢竟是個有才華的人，而且又那麼有錢，要不是為了展現你的才氣，你是沒有必要負債的，你大可維持你的中產階級地位，而不必去對你的妻子抱怨你心中的苦楚，甚至把她攆走。你不喜歡人群，你懂得自得其樂，你都不用開口說話，你的聰明才智就自己顯露無遺了。在你進城去吃晚餐之前，你就已說你今天會有好胃口，然而一到了那裡，卻又生氣得什麼都不吃。你整個晚上就在散步道上走來去，顯得怪裡怪氣，你自己也覺得很不自在。你想像著大雪紛飛，在房間裡燒著肉桂，自認很有文學和音樂的修養，就讀著拉馬丁的詩和聽著華格納的音樂。然而，你把藝術家的氣質和一切中產階級的偏見融合在一起，你並未為我們帶來什麼改變，你只帶來反面的東西。

九、反坦率

我們為貝爾西、勞倫斯和奧古斯丁一起擔憂是對的，勞倫斯朗誦詩，貝爾西講課，奧古斯丁講事實，最後這個，不管是職業還是頭銜，沒有人搞得清楚是做什麼的，他就是個真實的朋友。

奧古斯丁走進一家沙龍，我告訴你一樁事實，要提高警覺，別忘了這是一位你的真實朋友，他和貝爾西以及勞倫斯一樣，每次一走進這裡，大家就提高警戒。他從不會等著你來告訴他有關你的事實，就像勞倫斯不會等著對你獨白，或是貝爾西等著對你發表他對詩人魏爾蘭的看法。他既不等待也不打岔，因為他和勞倫斯一樣那麼坦白，並不是為了你的興趣，而只是為了他自己的樂趣而已，如果你不高興，那剛好助長他的樂趣，就像你對待勞倫斯的情況，是一樣的。然而，他們並不需要這樣，他們表面像三個無賴一般惹人討厭，大家避之唯恐不及，事實並不是這樣，他們有他們的專業技能，可以為大眾服務，像奧古斯丁專講事實，可說是無所不包，比如對傳統劇場心理學的分析，或是對荒謬格言如「愛得多懲罰就多」的批判，比如他絕不相信拍馬屁只是一種溫柔的感情或是黑色幽默的傾注。奧古斯丁會在一個朋友身上施展惡作劇嗎？他的公開表演風格既無羅馬式的粗魯亦無拜占庭式的假道學，他只是擺出驕傲的姿態呼喊而已，興高彩烈，眼睛炯炯發亮，既粗俗又豪邁：「他不會對你們細聲細語講話……咱們敬重他，這才是真實的朋友！……」

十

在一個優雅的場所，每個人都可以發表和他人不同的意見，甚至是相反的意見，這是一個文學的場所。

※

一個放蕩之徒對處女的要求，可以說是對於愛對純潔之要求的另一永恆形式的致敬。

※

離開某某A，然後走向另一個某某B，前面那個某某A的愚蠢和惡劣本性，及其悲哀處境，完全暴露無遺。你如今對某某B的英明本性崇拜有加，你想到之前你對某某A的感覺也是如此，不禁感到臉紅。然後不久之後你發現，你對某某B產生厭煩的過程，和之前對某某A產生厭煩的過程，幾乎是如出一轍。從一個人走向另一個人，你等於是拜訪兩個敵對陣營，只是有一方陣營永遠聽不到另一方陣營對他們的射擊，因為他們老是認為只有他們自己有在戒備。直到有一天他們發現，他們的武力各自相當，都一樣脆弱，這時他們不再互相崇拜或互相歧視，這是智慧的開始，然而智慧的開始也正是真正決裂的開始。

十一、劇本大綱

歐諾雷坐在房間裡，他起身走到鏡子前面，對著鏡子：

他的領帶——已經不只一次，你老是無精打采，把我那漂亮的結打得軟趴趴，甚至根本就打壞了，你是在戀愛了，親愛的朋友，可是為什麼要露出一副憂傷的樣子？

他的筆——是的，你為什麼憂傷？一個禮拜以來，你使我勞累過度，親愛的主人，我已因此改變我的生命內涵！我曾經抱著從事光榮事業的使命，可是如今從你在信紙上面所寫內容看來，好像一直都在寫情書，而這些情書竟然都是憂傷的，因為我從你絕望地緊握我的書寫方式，以及突然的停頓，可以看得出來，你顯然是在戀愛了，親愛的朋友，可是你為什麼要憂傷呢？

玫瑰花、蘭花、繡球花、鐵線蕨以及耬斗花，充塞整個房間——你向來就喜歡我們，可是你從來不會把我們全部擺在一起，我們各自擺出驕傲柔弱的姿態，散發出各自不同的芳香，我們為你帶來新鮮香氣和祝福，我們知道你在戀愛了，可是你為什麼要憂傷呢？

書——我們向來是你的最佳顧問，你總是不斷詢問，我們回答的，你卻從來不聽。即使我們無法促使你行動，我們卻能使你了解，但不管怎樣你還是一路奔向挫敗，不過還好，你並沒有在陰暗裡或在噩夢中被粉碎得體無完膚。不要像以前一些老家庭教師那樣，老是把我們隨便丟棄。你把我們捧在你那像嬰兒般的小手裡，你那純潔的眼睛不停注視著我們，眼神流露出驚異和沉思。如果你不喜歡我們，至少喜歡我們提醒你自身的存在，目前和過去以及未來的存在，我們提醒你，現在的你，是否就是你以前所夢想要成為的樣子？

來聽聽我們那熟悉的訓誨的聲音，我們不為你說明為什麼你會跌入愛河，我們只想告訴你為什麼你會變得憂傷。以前每當我們的嬰孩不高興哭鬧時，我們就講故事給他聽，或是像以前我們的母親所做的那樣，在熊熊燃燒的火爐前用搖籃搖他，搖動著他的所有希望和夢想。

歐諾雷——我是愛上了她沒錯，我同時相信她也愛我，但我的一顆心還是起伏不定，我心裡告訴我自己，我會永遠愛她，我的好仙女卻告訴我，我的愛頂多持續一個月，這就是為什麼我在進入這個喜悅的天堂之前，我不得不停在門檻上揉弄我的雙眼，躊躇不前。

好仙女——親愛的朋友，我從天上下來，給你帶來祝福，但你的幸福還是必須取決於你自己。在未來一個月之間，你如果擔心有什麼意外之狀況會破壞你當初陷入愛情時所期許的喜悅，你就以施行賣弄風情或不動情的方式，以此鄙夷姿態面對你之所愛，既不赴其所約，當她以酥胸引誘你的嘴唇，像一束玫瑰那麼誘人，你亦完全不為所動，簡單講，用你的耐心建造一座愛的永恆堡壘。

歐諾雷，高興得跳了起來——我的好仙女，我愛你，我這就按照你的話去做。

薩克森之鐘——你的女朋友不守時，我的指針早已越過你日夜期盼的約會時辰，她竟然還未現身，我擔心我還要繼續這樣單調地滴答滴答下去，你還要無止盡等下去。我只懂得時間，對生命一無所知，幾個鐘頭的憂傷和幾分鐘的快活，對我來講並沒什麼區別，好比蜂箱裡的蜜蜂，我們永遠無法區辨分別。

門鈴響起，一位僕人前去開門。

好仙女——聽我的話去做，你那永恆之愛將取決於此。

鐘擺猛烈地搖擺著，玫瑰的芬芳令人感到憂心，蘭花不停搖擺晃動，全都焦慮不安地傾向歐諾雷，其中一朵還露出醜陋樣子。他的筆靜靜躺著，憂傷地望著他，一動也不動。書不停地低聲細語，連續不斷。他們齊聲對他說：聽仙女的話，你才能得到永恆之愛……

歐諾雷，毫不遲疑地——我完全遵循她的話去做，何必懷疑我呢？

這時他的愛人走了進來，玫瑰花、蘭花、鐵線蕨、筆和紙、薩克森的鐘以及歐諾雷等，一齊對她發出顫動而和諧的合聲。

歐諾雷立即靠上去，親著她的嘴巴並叫道：「我愛你！……」

尾聲——他好像在她的欲望之火上面吹氣，她假裝被這不當的舉止驚嚇到而逃之夭夭，他從此再也沒再見到她，以及她那冷漠嚴峻的懾人目光。

十二、扇子

夫人，我為您畫過這支扇子。

在您退隱之後，我們可否根據您的意思談論以前充塞在您沙龍裡，那些雖然表面迷人卻又十分空洞的東西，倒是曾經豐富了我們的生命內涵，其影響至今不墜。

您的畫作曾經像是一棵大樹的樹枝上那閃閃發亮的葉子，把光芒照射在世世代代的畫作上。我手上拿著畫筆一邊漫步一邊想著您那多樣的作品所呈現的我們時代的精神。他想著這些作品所呈現的幾世代以來的思想和生活，他不斷延伸他的漫步範圍，感到既愉悅又厭煩，好像在區辨正確的散步道一般，他不停在分辨這些作品的好壞，發現好作品時就好像找到正確的散步道一樣，可這時卻感到精疲力竭，他不想再繼續下去了，他把自己的臉埋在土裡，什麼都再也不想看了。我想過要好好把您曾經散發過的光芒畫下來，它們呈現了許多的人和物，以及愛的憂鬱，現在卻不再存在了。您所畫的格局雖然不大，但和一般傑出畫家所呈現的價值卻沒什麼兩樣，您的畫中有高高在上的王公貴族和美麗淑女，以及傑出的非凡之輩。當然，您有時為了迎合世俗而降低自己的水平，但對您小團體的融洽氣氛卻毫無影響，您的小團體永遠比別人融洽活潑。我為您所畫的扇子，我不想讓外人看到，那些人從不會去沙龍，他們若看到毫無傲氣的公爵和不矯揉做作的小說家在那裡互相以禮相待，會感到十分訝異，當然他們不會理解，我們為什麼會有這些怪異的行為，當然他看了我們的聚會，悲觀的情緒恐怕會油然而生，我們的一位大作家坐在一張安樂椅上面，擺出一副假裝高尚的樣子，正在聆聽一位大公對他高談闊論，大公手上拿著一本詩集，打開在某一頁上面，但從他的表情看來，他是看不懂的。

在煙囪的火爐旁邊，您認識了C……。

他拿出一個小瓶子，對旁邊的女士解釋說，他在瓶子裡頭裝了很怪異且味道很濃烈的香水。

B……感到自己沒辦法比他更吸引人注意，然後覺得想走在流行前面，最可靠的方式，那就是讓自己以獨特方式顯得過時，他就在自己身上插上兩朵紫羅蘭，藉此奇特方式來吸引他人的注意，卻是矯揉做作不堪。

您自己不會也有這種矯揉做作的傾向吧？要是以這樣做法來顯示自己的突出，實在太微不足道，倒不如退到您的音樂室，不要聽華格納的歌劇，或是法蘭克和因迪的交響樂，而是就鋼琴上已經打開的樂譜，彈奏海頓、韓德爾或是巴列絲特麗娜的音樂。

我從未想像過您坐在長沙發上的樣子，T此時就在長沙發上坐在您旁邊，他正在跟您描述他的房間如何塗上漂亮的柏油，讓他身處室內時感覺像在海上航行一般，同時跟您披露他所使用的香水和室內家具是多麼的精緻宜人。

您那輕蔑的微笑說明您並不太認同這種無力的想像方式，一個赤裸的房間不足以讓人發揮遨遊世界的想像力，竟然必須用可憐的人為方式來製造美感，藉以激發想像力。

您那些最講究精緻的女友們都在場，她們若看到您的扇子，不知道對我會有什麼微言？我不敢想像。最美的素描，在我們面前最令我們感到驚異的作品，如同惠斯勒所畫的那樣栩栩如生，都比不上布格洛的人像畫那樣令人激賞和懷念。女人展現美，卻不了解美。

她們也許會這樣說：我們只是單純喜歡一種美，那種美和你心目中的美不同，為什麼你的美比我們的美更美？

希望她們至少讓我說一下：她們提到了美學問題，卻很少人了解這個問題，像波提切利的〈處女〉這幅畫，畫風與我們時代流行完全不符，也畫得很笨拙，沒什麼藝術感，卻絕不是泛泛之作。

我們不妨隨意來看這支扇子，立即可看出上面是有一些缺點的，這些缺點過去老是在我腦子裡繞來繞去，總覺得畢竟是遺憾，不過隨著時間的流逝，大家再看到這些缺點，慢慢不以為意，就不再覺得痛苦了。

我不經意在您這脆弱的扇子紙上鋪上缺陷，可能帶來傷害，但您卻不以為意，您認為那些缺陷無關緊要，無傷大雅……。

也許您心裡想的是，大家不必理會死亡的存在，只圖盡情享樂，在您的沙龍裡，在金碧輝煌的聲色底下盡情享受，過著行屍走肉一般的生活。

十三、奧利維安

為什麼大家每晚都去找你，奧利維安，陪著你去法蘭西劇院看戲？你的朋友們不再像彭達隆、史卡拉慕希或帕斯卡雷洛那麼聰明？你現在和他們一起吃晚飯感覺不再那麼愉快？然而，你應該可以做得更好。如果說去看戲可以帶來許多談話的資料，可是如果你碰到的是一個像啞巴那樣的朋友，或是一個乏味無趣的女朋友，你可以得到什麼樂趣呢？即使是一個缺乏想像力的男人，日常生活中的談話也可以很精采而帶來很多樂趣，在燭光下，對一個聰明的男人，甚至不必講太多的話，他就可體會很多了，講太多話反而是浪費時間，奧利維安。只有想像力和靈魂的聲音才能夠真正喚起想像力和靈魂的快樂反應，要想得到真正的樂趣並不需要花費太多時間，要是你真想喚起這種聲音，比如從閱讀上或沉思默想中獲得滋養，你只要在冬日夜晚的火爐旁邊或夏日午後的花園裡，你即可立即召喚你最深刻和最豐富的美好記憶，只要你願意努力去做，有一天你就會從你的記憶當中感受到美麗的芬芳，從而帶來很大的樂趣，就像推著滿滿的獨輪車那般，愉快地在花園裡走來走去。

你為什麼常去旅行？華麗的四輪馬車載著你和你的夢想緩緩前進，一路來到你的夢幻之鄉，想要到海邊，你就閉上眼睛，你來到普左列斯或拿坡里的海岸，脫下外套，你打算在那裡安頓下來，你說，你要在那裡完成一本書，在那裡比在城市裡工作會更有效率，你很喜歡房間四周圍牆壁上的巨大裝飾品，在這個小天地裡，你感到愉快自在，你可以輕易避去貝兒加姆公主的午宴邀約，也不會隨便外出到處無所事事亂逛。然而，就在享受當下愉快環境所帶來的美好生活時，為什麼你仍要抱怨你的生活還是不如人意？像你那麼有想像力的人，卻只能生活在懊悔或等待當中，也就是說，生活在過去和未來當中。

我知道為什麼了，你不喜歡你的女朋友，也不喜歡你的度假生活，你甚至也不喜歡你自己，也許你自己也注意到了你為什麼不喜歡，你為什麼老是抱怨而不尋求改變呢？

你的處境很悲慘，奧利維安，你還未真正長大成人，但你已經是個文學家了。

十四、世俗喜劇裡的人物

在一些喜劇裡，史卡拉慕西總是很愛吹牛，阿勒岡總是呆頭呆腦，巴斯奇諾的行為永遠詭計多端，班達隆要不是貪婪無度就是輕信他人言語；吉多雖然腦筋靈光，卻老愛搞背叛，他會為一句玩笑話而出賣朋友；吉洛拉莫視財如命，憑藉各種可能手段累積相當可觀財富；卡斯特魯奇歐的惡劣行徑罄竹難書，他有堅硬的後台當靠山；至於伊阿哥，雖然十本書也無法寫盡他的惡劣行徑，卻只能算是個業餘的壞人，埃爾柯勒，反而報紙上的幾篇文章就能數盡他是什麼樣的專業壞人；西撒是警察所豢養的線民，卡弟尼歐特愛裝高尚；皮波根本不重視友誼，卻老愛裝出大好人樣子；至於女性角色佛度娜塔，永遠不肯妥協任何事情，喜歡到處說長道短，她其實心地十分善良，長得圓圓胖胖，體態十分豐腴，說明著她個性上的善良親切，像這樣體態的女性會壞到哪裡去嗎？

上述那些人物都有一定天生的本性，他們在戲中的各自行事風格也都是定型的，只要他們一出場，他們會講什麼話或會做什麼事情，觀眾早已有先入為主的定見的，即使他們幹了什麼壞事，觀眾早就了然於心，也就不會特別去責怪他們。譬如拿卡斯特魯奇歐來講，他的本性就是喜歡背叛朋友，所以當他背叛某一個朋友時，沒有人會覺得奇怪，那位吃虧的朋友會這樣說：「被卡斯特魯奇歐背叛的人真不幸，他是個忠誠的朋友哩。」佛度娜塔喜歡到處講別人壞話，她那些壞話資料甚至還藏在她的短上衣內部摺疊裡面，還要一張一張拿出來念，沒有人說她壞心腸。吉洛拉莫會厚顏無恥地在一個人面前說盡諂媚阿諛的鬼話，他會為了自己的利益而引誘一個朋友去幹壞事。西撒會煞有介事一般問候我的健康狀況，我知道他想藉此和總督攀上關係，他並不直講，他把他的企圖隱藏得很好。吉多一看到我就立即過來熱烈攀談，說我的氣色看起來多麼健康，「沒有人像他那麼聰明，但他實在很壞，」旁邊的合唱隊這樣叫道。其實，這些各式各樣的人物，不論他們的性格有多麼的多樣化，在整個社會上並無舉足輕重的地位，他們說了什麼或做了什麼，對社會根本不會有什麼影響，沒有人會去在意他們，但他們並非一無是處，吉洛拉莫不管做了什麼，即使很粗糙，還算得上是個好傢伙，佛度娜塔不管說了些什麼，她還是個好女人，這些角色所扮演的即使是出身寒微之輩，卻能不顧一切力爭上游，努力脫離卑微處境，散發許多不同的魅力，各自達到某種程度的社會認同。吉洛拉莫對一位朋友說明他的「真實情況」，他一開始自願扮演跑龍套角色，「先好好磨練自己」，然後再尋求更重要更勁爆的角色，現在他都演吃重的重要角色了。對於後進，他結合了苛刻的批評和熱心的鼓勵，批評和鼓勵兼而有之，直到他們真正冒出頭，當然他們會對他心存感激，他自己也更加精進，博得觀眾的喜歡和愛戴。佛度娜塔越來越豐滿，還好並未影響到她的精神和美貌，她越發展她的個性，對他人就越表現得冷漠，但她知道如何去削減她的苛刻本性，因為她很清楚這是阻礙觀眾熱愛她的最大絆腳石，她常常在心中提醒自己這一類字眼：「和藹親切」、「善良仁慈」、「坦率」，這些概念慢慢滲透入她平常的言語之中，並在同行之間不斷加以引用，大家往來之際顯出一團和氣。她似乎微微感覺到她正在形成一種嚴肅而平和的個人行事風格，大家對她產生一種默契，願意讓她來處理類似法官在仲裁的事件，她在群眾面前展現一種獨特的領袖個性，從遠處冷靜而精明觀察這一切……有時晚上的時候，大家在一起閒聊，發生意見不合，對劇中人物行為有不同的看法，這時就由她出面調和爭端，直到大家都滿意為止，當然有時會有人突然打斷這類工作，使整個場面變得意興闌珊，昏昏欲睡（畢竟大家都是人）。不管怎樣，最後總算讓崇尚高尚的一方黯然失色，心懷惡意的一方無計可施，甚或還有放浪形骸的一方，一樣無話可說，大家圓滿解決問題。和藹親切而坦率的解決問題方式，讓大家心滿意足，心平氣和，無話可說，讓壞心眼無機可乘。

上述的回顧取材自貝爾加姆協會的檔案資料，在某些人眼中看來未必真實可靠，當阿勒剛離開貝爾加姆劇團，加入法國劇團之後，他從蠢蛋變為才子，同樣情況，麗都維娜換了劇團之後，變成為高尚女人，吉洛拉莫則是變為聰明才智之士。這種情況極容易理解，一個有才華的演員有時候在一個劇團沒有適當的角色讓他發揮，他只能將就演一些不稱職的角色，長此以往，他的才華就埋沒了，除非他能夠有機會嘗試新的比較適合他的角色，但這種情況並不常見。

世俗生活與熱愛音樂

——談福樓拜的《布瓦爾和貝居謝》

I 世俗生活

「現在我們已經有了相當的地位，布瓦爾說道，為什麼我們不開始過一種世俗生活呢？」

這也是貝居謝一直以來的看法，但首先必須讓自己顯得出眾，為達到此目的，則必須好好研究手上正在處裡的材料。

當代文學是首要之務。

他們訂閱許多各式各樣的雜誌，其中以當代文學為主，他們認真閱讀，同時也努力撰寫批評，特別著重在風格的輕快和自由自在等問題的研究上面，他們先設定所謂的風格應該是什麼樣子，然後針對此去分析研究。

布瓦爾反對戲謔的批評風格，他認為這與世俗世界不符。他們以世俗之人的姿態互相對話，討論他們所閱讀的東西。

布瓦爾用手肘靠在煙囪上面，他小心撥弄著爐裡的炭火，避免把手上的白色手套弄髒。他稱貝居謝為「夫人」或「將軍」，藉此達到一種世俗的感覺。

他們經常就停在那裡不動，有時其中一個圍繞著一個作者，讚不絕口，另一個想阻止他，卻無濟於事，最後他們一起貶低所有作者，勒孔．德．黎勒太缺乏感情，魏爾蘭卻又太神經質。不久，他們陷入了夢鄉，夢中卻完全沒有交集。

「為什麼羅狄老是發出相同的聲音？」

「他的小說永遠那個調調。」

「他的創作才情僅限定在一條弦上面。」布瓦爾下結論道。

「德烈．羅利恐怕更等而次之，他每年都帶著我們到處跑，他把文學和地理攪混在一起，他的風格也許尚有可觀之處。至於昂利．德．雷尼耶，他愛惡作劇，甚至是個瘋子，其他什麼都不是。」

「你舉出這些，老兄，」布瓦爾說道：「等於把當代文學從粗糙的死胡同拉了出來。」

「為什麼要把它拉出來？」貝居謝說道：「擺出一副像一位溫厚的國王的樣子，這些小雞們，他們身上還留著熱血呢，把他們脖子上的繩索解掉，他們被這樣捆住了，是無法施展什麼的，即使是胡言亂語，也是自然本性的流露，大有可觀之處的。」

「在這段時間裡頭，障礙是一定要拿掉的，」貝居謝大叫道；「同時，在他們孤獨的房間裡塞滿他們的叛逆和否定，」他激動地說：「此外，盡量毫無顧忌，想說什麼就說什麼，用散文說出一切，不要用詩，除了散文，我什麼都不想看到，這樣才有力量，才有意義！」

馬拉美已經江郎才盡，但他依舊口才便捷，真是可惜，這麼有才華的人每次一拿起筆來便不知所云，他身上是否得了什麼無法診治的怪病，不得而知。梅特林克令人害怕，他透過某些手段以及和劇場無關的東西令人感到驚恐，藝術透過罪惡的手段去感動人，這實在太可怕了，此外，他在對白上的用字遣詞也實在是太糟了。

他們以戲謔方式用法文動詞變化的各個人稱來寫出他們有趣的批評：「我說那個女人進來了——你說那個女人進來了——你們說那個女人進來了——為什麼大家都說那個女人進來了？」

貝居謝起先打算把這篇有趣短文寄給《兩個世界雜誌》發表，後來，據布瓦爾所說，他們決定找機會在某個時髦沙龍念給眾人聽，他們認為會大受歡迎，然後再投給另外一家雜誌發表。根據他們的想法，能夠領略這篇文章妙處的讀者，必屬具有非凡才能之輩。

勒梅托雖然才華橫溢，但對他們而言，卻顯得前後不一，粗俗無禮，有時不斷賣弄學問，有時又很布爾喬亞，經常反反覆覆，出爾反爾，讓人搞不清楚他到底打算要怎樣。特別是他的風格顯得非常鬆弛，當然，他有趕稿的習慣，倉促間完成的東西似乎就不能太過於苛求了。至於阿納托．法郎士，他寫得很好，卻想得很糟，和布爾傑剛好相反，布爾傑的思想很深刻，寫出來的形式卻十分蹩腳，可見能夠面面俱到的十全十美才能，畢竟還是非常稀罕。

在布瓦爾想來，要把自己的觀念清晰表達出來，並不是很困難的事情，但清晰還不夠，還要優雅（修飾的功夫），活潑生動，高尚，還有合邏輯性，他最後再加上反諷，可是在貝居謝看來，反諷並非絕對必要，因為反諷常常會令人疲憊，甚至誤導讀者對文本的理解。總之，要寫得好並不容易，布瓦爾認為要寫得好不盡然得歸諸於創作才華，貝居謝認為也不盡然和社會道德的淪喪有關。

「讓我們有勇氣把我們的結論藏起來，」布瓦爾說道：「我們將略去那些毀謗者不談，我們會嚇到每一個人，這會惹起眾人的不悅。我們不必憂慮，因為我們很有自信，我們的創作能力維持不墜，還要源源不絕加以發揮出來，大家不必再談文學了。」

還有其他更重要的事情要談。

「我們要如何表達致敬方式？用整個身體或只是點個頭，慢或快，要靠過去或原地立正敬禮？雙手沿著身體往下垂，手上要戴著手套，頭上還要戴帽？在致敬的過程中，臉上表情要保持嚴肅或露出微笑？還有，等致敬結束之後，如何立即恢復原來的嚴肅面貌？」

致敬禮儀並不是那麼簡單。

我們用唱名方式開始，要從哪個人開始？是用手勢把點到名的人示意出來，還是用點頭方式叫他出來，或根本要他原地不動，完全不加理會？還有，跟不同的人致敬，致敬的方式是否有所不同，比如老者或年輕人，鎖匠或親王，演員或學院院士，致敬方式必然有所不同？如果是一視同仁，一致的方式，會很適合貝居謝的平等觀念，對布瓦爾而言，他會很不以為然。

要如何適當叫出對方的頭銜？

我們對男爵、子爵或伯爵都叫先生，可是我們如果說「日安，侯爵先生」，會顯得平淡無奇，但如果說「日安，侯爵」，卻又顯得魯莽無禮。他們寧可叫「親王」或「公爵先生」，雖然後者聽來有些唐突。每當他們去晉見這些王公貴族時，總覺忐忑不安，布瓦爾一想到自己未來的前途，總是戰戰兢兢，把要講的話事先在心裡擬好草稿，好好記住對方正確的稱謂，臉微微泛紅，帶著微笑，頭稍稍往前傾斜，雙腳微微彎曲。貝居謝在一旁看得很不以為然，他認為布瓦爾迷失了自己，讓自己變得混亂，老是對著親王的鼻子笑個不停。為了不讓自己變得難堪，他們再也不去聖日耳曼地區的豪宅，除此，他們還是到處走動，他們會到遠處拜望孤立的團體，當然他們也不會忽略銀行裡具有高級頭銜的人物，至於那些遊蕩的賤民和浪人，他們的人數實在是太多了。據貝居謝看來，他們絕對不能和那些假貴族妥協，書信往來都是多餘，甚至和他們的僕役講話也沒必要。布瓦爾甚至懷疑，他最近碰到的一位貴族也是假的，但他卻和前朝的貴族一樣受到尊敬，在他們看來，貴族自從失去他們的特權之後早已不再存在，他們淪為教士，或是自甘墮落，不工作也不讀書，竟日無所事事，成為另一批無用的布爾喬亞階層，要去尊敬他們未免顯得可笑。要去看看他們也許還有可能，畢竟他們還不至於那麼可厭。布瓦爾說，要找到他們，他們在郊外地區常去的地方，沒準備一張巴黎社區詳盡而準確的地圖還真不行。他們這些人包括聖日耳曼地區的住家，金融集團，清教徒社區，遊蕩的冒險家，還有藝術家和劇場工作人員。就貝居謝所知，許多前王朝遺留下來的王公貴族，現在都成為浪蕩子群居在郊外的豪宅社區。這些貴族幾乎都擁有情婦，或宗教上的心靈姊妹，同時和一些宗教人員狼狽為奸。其實這些人一般來講大多誠實正直，但也大多負有債務，他們常借高利貸，許多專放高利貸者也因此常毀在他們手裡，他們博得的稱號是榮譽鬥士。他們的行為高雅端莊，但有時也會創造奇裝異服的怪誕流行，他們是模範小孩，對人熱情，對銀行家則是毫不留情。他們經常騎著馬，手上拿著劍，後頭坐著一個女人，他們夢想著能夠回到以前的專制時代，他們到處漫遊，他們對人不會裝出高傲樣子，他們看不起懦夫，對背叛者倒是會出於同情而幫他們逃跑，這些古代騎士精神的再現，使得我們對他們的好感不禁油然而生。

相對而言，財力雄厚的金融家會令人尊敬，但同時也令人嫌惡。他在舞會上會經常露出一副憂心忡忡的樣子，因為等一下，有可能是早上四點鐘，他的辦事員會進來跟他報告最新的股市行情，不管是大有斬獲，或是損失慘重，他都不會讓他老婆知道，大家永遠搞不清楚這是一位專制君王還是一位騙子，他有許多房子租給一些小民，儘管他是那麼有錢，他催繳房租卻從不手軟，只要沒按時繳交房租者，不管你有什麼苦衷，一概毫不容情立即攆出。除此，他永遠坐在馬車內，穿得不是很得體，手上老是拿著一個長柄的單眼眼鏡。

他們向來對清教徒社區就沒什麼好感，這些清教徒都很冷漠，故作高傲，排斥非他們教會的人，他們的教堂看起來像住家，住家和教堂幾乎是涇渭不分。教堂裡老是有一位牧師在那裡吃午餐，僕人常常引用《聖經》裡的詩句來告誡他們的主人，他們總是憂心忡忡，深怕私藏的東西被揭露出來，他們在和天主教徒聊天時，對於《南特詔書》的被撤銷和聖巴特勒米大屠殺事件的被隱瞞，總是流露出一股深深的怨恨。

藝術家的世界雖然一樣半斤八兩，但仍有許多不同，幾乎所有的藝術家都不肯循規蹈矩，都和家人的關係不和睦，都不肯規規矩矩戴正式的帽子，他們喜歡使用自己的特殊語言，他們大部分時間都耗在和門房胡言亂謅上面，他們最喜歡把自己喬裝成怪裡怪氣模樣去參加化裝舞會。然而，他們還是會經常創造出一些偉大的傑作，女人和酒是他們偉大創作的泉源，他們白天睡覺，晚上到處遊逛，就是不知道什麼時候才工作，腦袋永遠處在停頓狀態，脖子上綁著一條軟趴趴的領帶，隨風飄揚，沒事的時候就躲在家裡捲菸草。

劇場的世界和藝術家的世界幾乎沒什麼兩樣，沒有人在過正常的家庭生活，大家腦筋總是充滿奇奇怪怪的東西，而且行事慷慨大方。這些藝術家們，不管多麼的虛榮和愛吃醋，他們對工作夥伴卻照顧無微不至，有人成功了，大家會為他鼓掌喝采，他們會義無反顧幫忙照顧患有肺病或生活困苦的女演員的小孩。一般而言，他們大多讀書不多，大多篤信宗教，非常迷信。他們之中有些人領有津貼補助，這是比較突出的一群，很值得我們尊敬，也有資格和將軍或親王同桌用膳，他們經常演出偉大傑作，他們的回憶錄自成一格，可傳之千古，所穿過的戲服也值得流傳後世，以資憑弔。

至於猶太人，布瓦爾和貝居謝並沒有忽略他們（他們要無所不包），可是卻很不喜歡和他們打交道。他們年輕時在德國大多以賣看戲時在用的望遠鏡為生，來巴黎之後仍然重操舊業——他們秉持大公無私精神做生意，頗受歡迎——有某些特殊行業所使用的詞彙很奇怪，也很不可理解，叫做猶太人的屠夫。他們每個人都有一個鷹勾鼻，看起來也非常聰明樣子，本性可不怎麼好，大多唯利是圖。他們的女人大多很美，雖然看起來有一點柔弱，卻都感情豐富強烈。天主教徒應該多跟他們學習！可是為什麼他們累積那麼多財富，卻都藏起來？他們組織許多祕密團體，好像耶穌會和共濟會，他們藏了許多金銀財寶，沒有人知道藏在哪裡，據說是為了某種未來神祕駭人的目的而儲藏。

Ⅱ 熱愛音樂

布瓦爾和貝居謝既不喜歡騎腳踏車，也不喜歡繪畫，他們就把心力投注在音樂上面。貝居謝傾向偏好傳統和秩序，這時也只得接受當代放蕩的歌曲和〈黑色多明諾〉這樣的音樂，布瓦爾偏向當代具有革命性的音樂，他會說「華格納至上」，事實上，他可能沒有聽過「柏林的嚷叫」（貝居謝如此稱呼這種音樂，顯然是愛國心作祟，或是資料來源錯誤），這類音樂在法國是被禁止的，但在音樂學校卻是隨時隨地都可以聽到，在科隆則是若隱若現，在拉慕勒正方興未艾，至於慕尼黑，則還看不到半點影子，雖然那裡的傳統並不是那麼穩固，在貝勒特，只有那些愛裝高尚的人受到感染。要在鋼琴上面彈奏這種音樂會顯得很平庸：場景的幻覺是必要的，把樂隊隱藏起來也是必要的，藏在大廳或是藏在陰暗處。然而，在華格納的《帕西法》序曲部分，要在一開始讓聽眾有一種迅雷不及掩耳的感覺，反而從鋼琴開始，樂譜架上的樂譜特別擺在西撒．法蘭克的筆桿照片和波提切利的畫作〈春天〉之間。

在《女武神》的樂譜上，〈春天之歌〉這個部分小心翼翼被拿掉，在華格納的原始樂譜上，《龍亨根》和《唐豪瑟》的第一頁也是用紅筆劃掉一些部分，只有《黎安奇》原封未動直接演奏出來，因為當時急著上架演奏，在急就章狀況下，什麼都不能動，布瓦爾有察覺到這個，遂萌生出相反的看法。古諾讓他覺得想笑，維爾第只是不停在叫喊，他的歌劇會比艾立克．薩地更吵，薩地會因此而有所收斂嗎？在他看來，貝多芬在創作方法上很接近梅西，毫無疑問巴哈是音樂的先驅。聖賞缺乏深度，馬西奈則毫無形式，他不斷跟貝居謝反覆強調這個，貝居謝說，他的看法剛好相反，聖賞只有深度，而馬西奈只有形式，其他則什麼都沒有。

「唯其如此，一個教導我們，另一個對我們散發魅力，但不會提升我們，貝居謝如此堅持認為。」

對布瓦爾來講，這兩個作曲家都微不足道，無法令人看重，馬西奈確實表達了某些觀念，卻粗鄙低俗，倒是很符合我們這個時代的需求，聖賞擁有某些不錯的作曲技巧，可惜都過時了。此外，他們對加斯東．勒梅爾所知不多，無法置評，對另外兩個，修頌和夏米納德，比較起來，他們就表示非常反對的姿態。夏米納德是當時極少數的女作曲家之一，貝居謝和布瓦爾竟然違背他們的美學標準，拿出法國傳統固有的尊敬女士的騎士風度，把夏米納德列為當時最傑出的作曲家之一。

布瓦爾是個擁護民主的人，不是個音樂家，他只好摒棄夏勒．拉瓦戴的音樂，就像他不願意在一個有蒸汽火車和腳踏車以及全民選舉的進步時代去遷就吉拉丁夫人的詩一樣，有這個必要嗎？此外，他擁護為藝術而藝術的理論，他因此也喜歡沒有色彩的賭博，還有不變聲調的歌唱，他說他無法聽拉瓦戴唱歌，他發現他具有一種劍俠的風格，愛嘲笑人的調調，以及一種過氣的感傷主義所塑造出來的廉價高雅。

然而，他們最激烈的爭論對象還是在雷納多．韓身上，他和馬西奈的關係很親密，因此不斷引發布瓦爾對他的尖刻批評，但這反而成為貝居謝偏愛他的首要理由，而他喜愛詩人維爾蘭卻又為貝居謝所不喜，可這一點恰恰又是布瓦爾所喜歡之處。「好好研究賈克·諾曼、沙利·普魯多姆和包爾雷利男爵，謝謝老天，在這個行吟詩人的國家，我們再也不需要其他詩人了」，布瓦爾帶著愛國主義口氣再補充道。他認同他那帶有日耳曼風味的姓韓（Hahn）和法國南方風味的名字雷納多（Reynaldo），他寧可他討厭華格納，也不要去喜歡維爾第，他一邊下結論一邊轉向貝居謝說道：

「多虧你這些帥哥先生們的努力，我們法國終究還是一個講究清晰明朗的美麗國家，我們的音樂必須注意清晰明朗與否。」布瓦爾說著還用力敲了一下桌子，藉以表示他的加強語氣。

「你老是排斥海峽對岸，還有濃霧瀰漫的萊因河對岸，也從來不看看佛日的另一頭！」貝居謝看著布瓦爾，以堅定的語氣暗示著說道，「我不想為愛國主義講話，要不是為了祖國的緣故，我還真懷疑華格納的《女武神》在德國會不會受到歡迎……，但是在法國人聽來，卻會像是地獄般的酷刑——非常的刺耳難聽！這刺傷了我們國家民族的自尊，這齣歌劇充滿不協調的聲音，還有邪惡的意象！先生，您的音樂充滿惡魔，真不知道是怎麼寫出來的！——就自然本身來講，應該著重在單純上面，——您卻以恐怖為樂。德拉佛斯先生曾為蝙蝠寫過一些音樂，他的胡言亂語並未損及鋼琴家的固有聲譽，他為什麼不寫些關於鳥的音樂呢？如果寫麻雀可能更適合巴黎的風味，燕子比較輕快也比較高雅，雲雀可能更符合法式的高尚風味，據傳聞羅馬時代，凱撒遠征高盧時曾命令士兵用鋼盔烤雲雀來吃，怎麼會去寫蝙蝠呢？法國人向來偏好坦率和清晰明朗，他們討厭這種陰鬱的動物。在孟德斯鳩的一些詩裡，都會跳過對無聊貴族老爺的描寫，何況是令人討厭的小動物，還用在音樂上！袋鼠的安魂曲如何？……」布瓦爾很開心地開了一個玩笑，「你不得不承認，我把你惹笑了，」貝居謝說道（他並未洋洋得意，他知道，他們的玩笑話對聰明人而言，都是可以接受的）：「好，咱們就這麼說定，你不要再反抗啦！」

布羅伊夫人的憂鬱夏天

「亞麗安娜，我的妹妹，什麼樣的酷烈愛情竟會讓你被丟棄在岸邊致死！」

I

法蘭索瓦絲．德．布羅伊那晚一直猶豫不決，不知道是要去參加伊麗莎白．A公主在歌劇院附近的宴會，還是去看李弗雷的戲劇演出。

此刻她正在朋友家裡用過晚餐，大家離開餐桌已經有一個小時了，大約可以離開去參加別的宴會了。

她的好朋友喬諾薇決定要去參加A公主那邊的晚宴，可是不知道為什麼，布羅伊夫人老是想要另一個選擇，要不還有一個第三選擇，那就是乾脆回家睡覺，可就在此時外邊有人宣布馬車備好了，她這時還是下不了決定。

「真是的，」喬諾薇說道：「你真不夠意思，今晚雷茲凱會在A夫人那裡唱歌，你知道我喜歡聽他唱歌，再說，你今晚要是能去伊麗莎白．A公主那兒，意義也是很重大的，想想，你今年以來，一次都沒去過她的宴會，和她是有些疏遠了，你這樣子做，是很不夠意思的。」

法蘭索瓦絲的丈夫已經死去了整整四年，她今年才二十四歲，她已經守寡四年了，這些年來她和喬諾薇幾乎是寸步不離，感情十分親暱，說實在的，她是不該為難她。這樣想著，她就不再抗拒了，當下跟屋子主人道聲再見，並跟其他客人說抱歉，不能跟巴黎最有魅力的女主人多玩一些時候，實在很遺憾，之後她吩咐僕役道：

「咱們去A公主家！」

II

A公主家的宴會非常乏味，隔了一會兒之後，布羅伊夫人問喬諾薇道：

「剛才帶你去自助餐檯的那個年輕人是誰？」

「我可不認識他，但我知道他叫拉雷翁先生，你想認識他是嗎？他剛才還要求我介紹你給他認識，他說你很漂亮，但我一直敷衍他，因為我覺得他看起來很猥瑣，也很無趣，我怕讓你們互相認識之後，他會對你糾纏不休。」

「喔，真的！不，」法蘭索瓦絲說道：「他看起來是有點醜，也有些粗俗，可是他的眼睛很漂亮。」

「你說得對，」喬諾薇說道：「你以後會有很多機會碰見他，等你認識了他以後，你一定會感到很彆扭的。」

接著她又說，帶著開玩笑口吻：

「如果你想現在認識他，這可真不是個好時機啊！」

「我說是好時機，」法蘭索瓦絲說道，說著就轉身想別的事情。

「不管怎麼說，」喬諾薇說道：「與其當個不稱職的仲介人，無緣無故剝奪那位年輕人的樂趣，為此而後悔，不如做做好人，何況這也差不多是這一季的最後晚宴了，順水人情一番，這並沒什麼不好。」

「就這麼辦，咱們等他走過來這裡。」

他並沒走過來，他一直待在客廳的另一端，面向她們。

「咱們該走了，」隔了一會兒喬諾薇說道。

「再等一會兒，」法蘭索瓦絲說道。

既然這位年輕人已經對她的女伴說過她很漂亮，她就打算藉機對他稍稍賣弄一下風情，她把眼睛轉向他並不停瞪著他看。在瞪著他看時，她盡量流露出很溫柔的樣子，她自己也不知道為什麼要這樣做，是為了樂趣，為了施捨的樂趣，或是為了表示一點點驕傲，或是什麼意思都沒有，就像有些人為了好玩喜歡在一棵樹幹上刻上自己的名字，讓後面的人知道他曾到此一遊，也像有人喜歡把自己的名字寫在字條上，放進瓶子裡丟進大海，只是為了好玩而已。時間一分一秒過去，時候已經不早了，此時拉雷翁先生正往大門口走去，他走出去之後，大門並未隨後關上，布羅伊夫人看到他走到玄關的盡頭，把號碼牌遞給衣帽間的管理員。

「你剛才說對了，咱們是該走了。」她對喬諾薇這樣說道。

她們起身準備要離開，恰巧這時喬諾薇一位朋友拉住了她，有話要跟她講，布羅伊夫人只好自己先行走向衣帽間，她看見拉雷翁先生一個人還在那裡，他正在找他的枴杖，布羅伊夫人很高興能夠藉機好好再看他最後一眼。這時，拉雷翁先生和她擦身而過，兩人的手肘輕輕互相觸碰了一下，他的雙眼閃閃發亮，就在他假裝忙著尋找他的枴杖當兒，她聽到他說：

「到我家來，皇家街五號。」

她感到很意外，看到他還在繼續找他的枴杖，她這時無法很確定，剛才聽到的這句話是否出於幻覺，她頓時感到很驚駭，這時她聽到A公主的丈夫在大聲叫她，想和她確定隔天一起去散步的時間。就在他們談話時，拉雷翁先生離開了，喬諾薇這時也走了過來，和法蘭索瓦絲也一起離開了。布羅伊夫人一路上沒說什麼，只是心裡卻感到既驚駭又有受到奉承的感覺，但她還是裝出一副若無其事的樣子。兩天後，她無意間又想起那晚拉雷翁先生所說的那句話，到底是真的，還是幻覺，她努力回想當時的情況，卻無法真正記得清楚，她只是覺得當時好像是在夢中，而且手肘的觸碰似乎也只是一種偶然的錯覺。她決定不再去想拉雷翁先生，可是偶然間她一聽到有人叫出拉雷翁先生這個名字時，便立即想到他的整個樣子，而立刻覺得那晚發生的事情絕不是幻覺。

在本年度最後一季的最後一次晚宴裡（六月的最後一天），她又見到了他，但是卻不敢要求任何人來幫她介紹，即使她現在看得更清楚，他不但長得醜，樣子也並不聰明，她還是覺得自己喜歡他，這樣想著，就跟喬諾薇說道：

「你還是幫我介紹一下拉雷翁先生，我不想太唐突，可別說是我主動要求跟他認識，這樣我會覺得不好意思。」

「現在沒看到人，等一下看到了咱們就來。」

「那好，你就找找看吧。」

「也許他已經離開了。」

「不，」法蘭索瓦絲迫不及待地說：「現在時候還很早，他不可能已經離開，啊！已經半夜十二點啦，還是可以試試呀，親愛的喬諾薇，並沒那麼困難的。那天晚上你試過要為我介紹不是嗎？現在我求你，我還在興頭上哩。」

喬諾薇看了她一下，感到有些訝異，隨即離開為她去尋找拉雷翁先生，可他確已經離開了。

「我說得沒錯，他是已經離開了。」喬諾薇回到法蘭索瓦絲旁邊說道。

「我覺得不舒服，」法蘭索瓦絲說道，「頭有點痛，咱們趕快離開這裡吧。」

III

法蘭索瓦絲現在不會錯過歌劇院的任何一個節目，每個宴會也一定都會出席，心裡抱著一線微微的希望，期待能再碰到拉雷翁先生。兩個星期過去了，完全看不到對方蹤影，她有時半夜醒來，忍不住會想來想去，看看有沒其他方法可以再見到他，她心裡老是不斷告訴自己，他這個人乏味無趣，長得又不好看，可她老是不停在想他，想得比她所認識的更聰明更英俊的其他男人還要多。這一季的社交活動要結束了，看樣子是不可能再有什麼機會見到他了，她覺得她必須拿出行動來，不必再想那麼多了。

一天晚上，她對喬諾薇這樣說道：

「你好像對我說過你認識拉雷翁先生？」

「賈克．德．拉雷翁先生？可以說認識，也可以說不認識，有人為我們介紹過，他沒留名片給我，我和他也沒什麼來往。」

「有件事我想對你說，這件事對我來講，可有可無，但我多少有一些興趣，一個月前我絕對不會對你透露這個（她現在為了掩蓋這個祕密，不得不說謊，一想到這個祕密，她就感到甜蜜），是這樣，我想和他認識並和他來往，如今這個社交季節就要結束了，大概不太可能再遇到他了，你能不能想個別的什麼法子，讓我可以和他認識。」

女性之間的友誼互動總是這樣，比如法蘭索瓦絲和喬諾薇兩人之間的情況，當兩人都以純真和誠摯互相對待時，總是可以掩蓋住愚蠢的好奇心，而這種愚蠢的好奇心正是一般世人都會有的無恥尋樂企圖。就喬諾薇而言，她從來不會去懷疑或訊問她的好朋友心裡有什麼不良企圖，她想都沒想過。

「很不巧A夫人已經離開了，只剩下格理梅洛先生，可是他能做什麼呢？要跟他怎麼說？啊，我突然想起來，拉雷翁先生會拉大提琴，拉得極糟，但這不是問題，格理梅洛先生很喜歡他，由他出面幫忙，雖然他看起來也很蠢，倒是會很樂意去滿足你的願望，只是你向來和他沒什麼來往，你也不喜歡去利用一向被你看輕的人，就我所知，你根本就不想邀請他來參加你明年的夜宴。」

這時法蘭索瓦絲臉頰一紅，叫道：

「我從未這樣想，全巴黎的混蛋都來參加我的宴會，我也不會介意啊！趕快，我最親愛的喬諾薇，請你好心幫幫忙！」

喬諾薇立刻寫了一封信：

先生，您知道我從不放棄尋求能夠取悅我的好朋友布羅伊夫人的機會，布羅伊夫人是誰您是認識的。我們都很喜歡大提琴，她不只一次在我面前表示，她為從未聽過拉雷翁先生拉大提琴而覺得遺憾，我們知道您是拉雷翁先生的好朋友，不知有沒可能由您出面邀請他來為我和我的朋友演奏一次？現在大家都很閒，希望此一要求不會給您帶來不便，您如能順水人情答應我們的要求，那就實在是太好了。

最後附上我對您的愉快記憶！

阿萊莉歐芙・魏芙瑞　敬上

「立刻把這封信帶去格理梅洛先生家，當面交給先生本人，」法蘭索瓦絲對著家裡一位僕人說：「不必等回音，但要確定他是不是當你的面讀了信。」

第二天，喬諾薇把格理梅洛先生寫來的回信帶給布羅伊夫人看，信上這樣寫著：

夫人，很高興知道你們會想到拉雷翁先生，認為他能夠滿足您和布羅伊夫人的願望，布羅伊夫人我有些認識，但是不熟，請轉達我對她最大和最熱誠的敬意。同時之間，我要在此表達我的不敬和歉意，一樁小小的意外使得拉雷翁先生就在兩天前離開巴黎前往比亞麗姿，而且，唉呀，這一去就要在那裡停留幾個月。敬請接受我的歉意，耑此敬覆云云。

格理梅洛　頓首

法蘭索瓦絲一讀完信，臉色霎時一陣慘白，迫不及待奔入房間，立刻把門鎖上，整個人頹然靠在門上，眼淚霎時奪眶而出，傷心地哽咽啜泣起來。本來一心一意想著和拉雷翁先生見面認識的浪漫事宜，以為很肯定會心想事成，這些天來一直很興奮在想著這件事情，不想現在卻落得如此下場，她原以為一切會按照她的願望發展成她所期待的樣子，然而事情竟會發展成現在這個樣子，實在是大大超乎她的想像和理解。另一方面，她自己也不能理解，怎麼會在自己身上無端衍生出那麼多不可理喻的幸福感，還有憂鬱感，像一股熱流在她身上到處流動，她實在一點都不理解這種情況是怎麼發生的。現在她好像被連根拔除，使一切變為不可能，她感到彷如被撕裂一般，處在一種好像突然被當頭棒喝的痛苦境地之中，從虛幻的期待中驚醒過來，冷不防看清了她愛情的現實處境。

IV

法蘭索瓦絲現在開始從她每天的生活樂趣中退縮了下來，她不再和母親或喬諾薇一起聆賞音樂或閱讀，或是一起散步，她覺得生活中的一切都索然無味，憂愁和痛苦漫無止境。她曾經想到去比亞麗姿會見拉雷翁先生，但這似乎不太可能，除了巴黎，她那裡都不會想去，即使可能，她的此一瘋狂舉動也會讓自己在拉雷翁先生心目中大為貶低價值，越想越覺得無奈。現在，連她自己都不了解怎麼會走到這樣飽受折磨的境地，但她知道這樣的折磨會持續幾個月，直到最後自行痊癒，在這之前，別期待可以會有一個好睡的夜晚。就在此時，她開始擔憂起一件事情，拉雷翁先生說他將在比亞麗姿待上幾個月，可這中間他極有可能會偶而回來一下巴黎，在她不知道情況下，可能和他錯過了，連帶幸福也泡湯了。這樣想著，她就派一個僕人前去拉雷翁先生在巴黎住的地方，跟門房打探消息，結果是一問三不知。幾乎無計可施，她的憂愁越來越膨脹，簡直到了像是面臨世界末日一般，她甚至懷疑自己會不會幹出什麼蠢事來，她想到寫信給他，然後冷靜下來，也就沒寫，但至少要讓他知道她曾經嘗試過想和他見面接觸，因此她給格理梅洛先生寫了一封信：

先生，魏芙瑞夫人有告訴我您的友善回應，我很感動並由衷感謝您的善意，但我還是擔心一件事，那就是希望拉雷翁先生不要把我看成是衝動魯莽，我很怕他會這樣想，但盼您能幫我探詢一下他是不是這樣想，然後把實情告訴我，您如能這麼做，我將由衷感激不盡。再一次謝謝您，先生。

最後敬祝一切安好愉快！

弗拉吉尼絲・布羅伊　敬上

一個小時之後，僕人為她帶回這封回信：

請勿擔憂，夫人，拉雷翁先生並不知道你們曾邀他演奏大提琴這件事情，我只告訴他希望能夠尋找一天適當日子來寒舍演奏大提琴，但我沒告訴他有誰要來聽他演奏。他從比亞麗姿來信跟我說，他要到明年元月才能回到巴黎，特此告知。能為您效犬馬之勞，乃敝人至大之榮幸，區區小事，何足掛齒，何必言謝，耑此敬覆云云。

格理梅洛　頓首

至此似已無他計可施，她也就不再做什麼，但日子實在難捱，她也變得一天比一天憂傷，她自己也不知道為什麼會變成這樣，還波及到她的母親。她到鄉下去散心幾天，然後前往杜魯維爾，她在那裡偶然聽到有人提及拉雷翁先生的世俗野心，有一位對她很傾心的王公貴族還對她說：「有什麼能為您效勞的嗎？」她聽了很高興，因為對方語氣真摯誠懇，但她立即想像，要是她跟他說請他為她吞下她此刻心中所有苦楚，對方一定會驚訝不置，她很想讓對方知道，要取悅她很難，這是大的事件，相對而言，較小的事件，比如生活平靜或是身體健康，這會是較為容易的事情。她只有處在僕人中間才會感到自在，他們都很喜歡她，也了解她，他們靜靜地服伺她，也知道她正為拉雷翁先生的緣故陷入了憂愁哀傷，但他們絕不會干擾她，絕口不提拉雷翁先生，她當然也盡量壓抑自己的情緒，裝做若無其事的樣子。她同時也盡量跟其他人不停周旋打交道，藉此減輕拉雷翁先生在她心中所盤據的分量，甚至還要裝出若無其事的樣子，盡量掩飾心中的苦楚。有時候，在絕望之餘，她會又想到寫信給他，或是想辦法讓他寫信過來，但是回頭仔細一想，他其實根本不算什麼，這樣做會貶低自己的身分，還是應該避免為妙，不過她今天會陷入如此的折磨，不能說他不算什麼，他在她心目中還是很有分量啊！那是一種愛的表現，也許有一天他會反過來重視她並發狂愛她，她相信這一天一定會到來。也許經過一段短時間的親密相處，他會失去對她的魅力（她不希望如此，也不相信會變成這樣，不過以她敏銳的洞察力來看，有一天會掃除她心中那種殘酷的盲目狂熱，這不是不可能），目前只得一切順其自然。也許現在她身上可能發生其他的愛情，她還是不會改變初衷，她身上已經沒有剩餘的能量去承受其他的愛情，她已全部奉獻給了拉雷翁先生，果真發生這樣的愛情的話，一回到巴黎之後，這將會緩和她對拉雷翁先生的愛，但她懷疑這種事情之發生的可能性。有時比較冷靜的時刻裡，她會用比較客觀的角度去分析自己的感情，她會這樣對自己說：「沒錯，我一直知道他看起來很平凡，一向就是如此，他也不可能改變什麼，我對他的看法不會改變，始終如一，我心目中的拉雷翁先生就是這個樣子，我為他而活。」像這次的場合，她偶然聽到有人提起拉雷翁先生的名字，不由分說，她感到既幸福又痛苦，她的一切已經和他緊緊結合在一起，再也不能分開了。她聯想到那晚在A公主的歌劇宴會上所聽到的一句《歌唱大師》所唱的歌詞：Dem Vogel der heut sang dem war der Schnabel hold gewachsen.（今天唱歌的那隻鳥有一張漂亮的鳥嘴）。不知不覺這已經成為了拉雷翁先生的中心主題，在她看來，這正是拉雷翁先生最真實和最貼切的寫照。當她來到杜魯維爾之後，一天晚上在音樂會上偶然再度聽到這句歌詞時，她的眼淚不禁奪眶而出。有時候，她會把自己關在房間裡彈鋼琴，一邊彈琴一邊閉起眼睛好好想他的樣子，好像在享受鴉片時所帶來的那種迷幻感覺，她覺得無比愉悅。有時候她會停下彈奏，細細品味這種無盡的憂傷和未來身旁的人有可能對她的指謫，指謫她的瘋狂和無意義的舉動，她不想停下這種舉動，一旦開始之後就不想停止。她首先詛咒她的眼睛和自己愛賣弄風情以及好奇心重的本性，不偏不倚指向像拉雷翁先生這樣的男人，然後像服用嗎啡一般把自己麻醉住了。她也詛咒自己的想像力，她不斷在想像並漫無節制膨脹自己的愛，讓她變得十分幼稚，折磨自己，也折磨了她的母親。她也詛咒自己的敏感本性，把漫無節制的敏感本能胡亂投射，然後又無法自我控制，她一直想再見到拉雷翁先生，越是不可能，她越是想見到他，幾乎是毫無理性的要往對方身上撲去，一心一意要完成這樁不值得的愛情，她已然到了不可理喻的地步，最後像陷入泥沼一樣動彈不得。最後她詛咒她心思的細膩高貴，此一天生稟賦使得她在面對一切情感時，就像她現在處在愛情的漩渦裡，就忍不住拿出像詩人的直覺，教徒的狂熱心態，以及像大自然或音樂的那種深邃情感的心態，不顧一切爬向最頂峰和那無止境的地平線，和對方緊緊擁抱在一起，沐浴在愛的燦爛光輝中，把自己最深層和最高貴的一切奉獻給他，好比一間教堂傾其所有，奉獻給聖母瑪丹娜那樣，她獻上她心靈裡最珍貴的喜悅和最高尚的思緒，她像在傾聽夜晚海洋的哀鳴，她想像著她所無法理解的一切：她詛咒一切無法理解的事物的神祕性，我們沉浸在其美麗的神祕之中，好像太陽在海平線上慢慢下沉，把我們的愛情加以深化，精神化，然後不斷加以擴大，無限延伸，不再那麼折磨人。好比波特萊爾在詩中所形容的日光將盡的秋日午後：像濃得化不開的愁緒，瀰漫在無限廣垠之中。

V

天亮後，他一直躺在岸邊的海藻裡，精疲力竭，像一支箭射在他的肝臟上面那般，他壓著內心最深處被愛神所造成的像火在燃燒一般的傷口。

——Théocrite, Le Cyclope

前不久我才在杜魯維爾再度遇見布羅伊夫人，她沒像以前那麼快樂，沒有方法能夠治癒她。如果她是因為拉雷翁先生長得帥或看起來聰明而愛上他，我們就很容易找到一個比他更帥更聰明的年輕人來把她吸引走，或者說，如果是基於拉雷翁先生對她最誠摯的愛，讓她感動而離不開他，我們也很容易找到一個更誠摯更愛她的人來吸引住她，可嘆事實並不是這樣。拉雷翁先生既不帥又不聰明，他也從來沒機會表現他是否對她誠摯或真正很愛她，但她就是愛他，愛的既不是他身上的什麼優點或是什麼迷人的魅力，即使他看起來那麼不完美，簡直就是平凡到極點，她就是愛他，不顧一切的愛他。她自己也搞不清楚為什麼會這樣，她知道他對她代表什麼意義嗎？除非他能證明他對她帶有某種震撼性的特質，身上具有某種說不出的其他男人所沒有的舉世無雙的迷人特質，一般世上長得帥或聰明的男士身上反而不會具有這樣的特性，那麼獨特，那麼不可理喻。要不是那晚喬諾薇的關係，無心把她帶去A公主家的宴會……這一切也就不會發生了，但環境就是這樣，把她束縛住了，把她囚禁了，簡直就是無藥可醫，這一切沒有道理可以說得清楚。誠然，此刻拉雷翁先生正在比亞麗姿的海灘散步，一個平凡的生命，心中懷抱著卑微的夢想，他如果知道此時有另一個生命，一位美麗高貴的年輕女性，正在如癡如狂的迷戀他，全心全意傾心於他，而且還堅決的不屈不撓付之行動，他必定會感到異常的驚訝，同時，他如果知道，像他那樣平凡到在他的同儕中極少引人注意的人，竟會在某個著名沙龍或某個重要場合裡，在一群傑出人物中由布羅伊夫人口中說出他的名字，而其他人和他相比簡直就是一無可取，他要是知道這個，恐怕也會驚訝不置。

要是布羅伊夫人和某個詩人一起散步或是和某個大公夫人一起用餐，或是離開杜魯維爾去山上或去鄉間遠足，不管是自己一個人或和朋友一起，上下馬之間或睡覺時，腦中總會不自覺的或必不可避免的浮上拉雷翁先生的名字和影像，就像天空老是掛在我們頭上一樣，我們一點都不會感到奇怪。她向來就討厭比亞麗姿這個城市，她來了，她在那裡竟發現每個人個個面目可憎，她倒是擔心拉雷翁先生去了那裡，沒有人認識他，很可能會招惹那些人的討厭。她當然沒有理由憎恨那些人，也不能要求他們為她做什麼，她只是不斷訊問他們，讓她感到吃驚的是，竟然沒有人能洞悉她的祕密。她的房間裝飾著一張很大的比亞麗姿的照片，她想像拉雷翁先生就在那裡頭，她去散步的時候，並未看到有哪個具有拉雷翁先生特點的男人，要是她能夠知道他所喜歡或他自己會演奏的那些沒水準的音樂，那就好了，比如最糟的羅曼史音樂，她會樂意去熱衷演奏，即使取代她心目中貝多芬或華格納的音樂，她也會樂意接受。那個曾經占據她整個思維的意象，也不過見過兩三次而已，有時候竟會在她的外在生活中變得不是那麼鮮明，甚至在她的記憶裡也變得不是那麼活潑有勁，甚至都感到繁瑣厭倦了。她一直未再見到他，再也記不起他身上的特點，他的輪廓，連她記憶最深刻的那雙眼睛，現在也都變模糊了。然而，那只是生活中的某些清醒時刻而已，他的整個意象大部分時間還是盤踞著她的全部思維，她思維中的瘋狂成分，也許有一天會消失，但是現在，心中還在燃燒的欲望，也就是她的折磨源頭，不安和苦惱，至少還在糾纏著她。總之，拉雷翁先生的意象至少在目前是不會那麼快消失的，她的苦惱還是不斷反覆出現，甚至還成為一種樂趣。

布羅伊夫人要等到一月才能回到巴黎，這段期間她如何忍受呢？到時候他會在那裡嗎？她留在這裡要做什麼呢？還有往後呢？

至少有二十次以上我曾想過前往比亞麗姿去找拉雷翁先生，把他帶回來巴黎，下場也許會很糟，我倒未想那麼多，只是布羅伊夫人可不會答應讓我這麼做。我從頭到尾都覺得這樁愛情太不可理喻，我看到她太陽穴被折磨到都快爆開了，那樣的痛苦萬分，心裡實在覺得非常難過，我猜想，她自己大概也喜歡這樣苦惱的生活模式。她想像他有一天突然來到杜魯維爾，來到她面前，跟她說他愛她，她看著他閃閃發亮的雙眸，他用夢一般的空洞語言和她說話，她聽不懂他在說些什麼，因為他的出現就像在夢中，根本就沒有人聽懂他在說些什麼。他全身閃爍發亮，令人感動憐憫，命運之神把他們連結了起來。突然，他們又分開了，現實世界和她的欲望各行其是，以平行方式往前運行，只能在黑暗中偶而瞬間交叉一起，然後她醒了過來。有時她會回想起那晚在A公主家的玄關那一幕，他們的手肘無意間互相觸碰，他給她提供了幻想的空間，想像兩人之間的肌膚之親，她可以感受到一種絕望和反叛抗拒的喊叫，就像一艘船要沉沒時人們的喊叫聲一樣。有時當她在林間或海灘上漫步時，享受著沉思或夢幻的樂趣，她想像著陣陣微風徐徐吹來，夾帶一股香氣，讓她一時間忘記了憂愁，也猛然挑起心中的一股痛苦哀愁，在那無盡的模糊高空中，或在那無邊的海平線之外，她瞥見了那形貌不定的她的征服者，兩眼閃閃發亮，尖銳的目光穿透雲層，往她身上射了過來，好比那天他對她所做的那樣，對她射出一箭之後，帶著他的箭袋逃之夭夭。

一八九三年七月

畫家和音樂家的畫像

畫家的畫像

阿爾貝・桂普（Albert Cuyp）

桂普，夕陽溶解在清澈的空氣中
幾隻灰色野鴿從水面掠過，
夾帶金色的濕氣，在一隻牛的額頭上或一株樺樹上
撇下幾絲光芒，
白日裡的藍色香氣瀰漫在山丘上，
沼澤的輕煙飄盪在廣邈的天空中。
騎士們蓄勢待發，帽子上插著玫瑰色的羽毛，
手持盾牌；清新的空氣讓他們的皮膚微微泛紅，
同時也讓他們的金黃色扣子鼓了起來，
他們走向芬芳的田野，邁向清新的波浪，
一群牛不為他們的步伐所擾，

牠們窩在金色霧中睡覺作夢，
他們昂首離去，邁向深處。

包呂思．波特爾（Paulus Potter）

整片灰色天空底下瀰漫著陰鬱的哀愁，
在難得的明亮中還是透露著深深的哀傷，
全都灑向已經凍僵的平原上面。
穿透平原底下陽光照射不到的地方那微溫的眼淚；
波特爾，陰暗平原的憂鬱情緒，
無止盡的延伸，沒有歡樂，也沒有色彩，
樹木和小村莊沒鋪下陰影，
空洞的小花園裡看不到花朵。
一個園丁手提水桶走進來，
他那匹體弱乖巧的母馬也是憂心忡忡，猶在夢中，
憂慮著，牠抬起牠那沉思的頭顱，

呼著氣和強勁的風互相交融著。

安東．瓦多（Antoine Watteau）

夜幕低垂，暮色籠罩著樹木和大地，
他披著藍色大衣，在那模糊的面具底下，
嘴角還殘留著接過吻的痕跡，
海浪變得溫和，一切顯得既近又遠。
化裝舞會，另一個遙遠的憂鬱，
裝出錯誤的愛的姿態，既憂傷又迷人。
詩人的多情善變——或是情人的謹慎小心，
愛情需要適度的裝飾——
這裡一艘小舢舨，小點心，寂靜和音樂。

安東・范・戴克（Antoine van Dyck）

心中的溫柔驕傲，事物的貴氣高雅
都在眼中閃閃發亮，天鵝絨和木頭，
漂亮的語言提升風度和氣質
——女人和國王的高傲遺傳——
你勝利了，范・戴克，姿態冷靜的王子，
這些漂亮的人們不久都會死去，
這些漂亮的手都會張開伸向你；
不要懷疑，——有什麼關係？——她會張開手掌伸向你！
騎士停了下來，在一棵松樹底下，在一條河流旁邊
像他們一樣冷靜——冷靜得快要潸然淚下——；
皇室的小孩生來就是高貴與尊嚴，
衣飾十分輝煌，帽上的羽飾更是蓬蓽生輝，
還有金飾，閃爍發亮——像爐火一般燃燒不盡——

然而靈魂裡還是充塞苦澀的眼淚，這眼淚
太高貴了而不會含在眼裡讓人看見；
你高高在上，睥睨四方，
穿著暗藍色襯衫，一手插在腰上，
另一旁則是一盤剛採摘下來的豐盛水果，
我夢見你的姿勢和眼睛，卻不了解，
你站著，好像在休息，在這陰暗的休憩房間裡，
里奇蒙公爵，喔！年輕的智者？或是有魅力的瘋子？
我會和你常相左右：像你脖子上的一顆藍寶石，
望著溫和的火焰，你的眼神變平靜了。

音樂家的畫像

蕭邦（Chopin）

蕭邦，嘆氣、眼淚以及嗚咽的大海，
像蝴蝶那樣不停地飛來飛去，
不是和憂鬱玩遊戲就是在水上跳舞。
作夢，愛，受苦，呼喊，痛苦，誘惑和撫慰，
你總是在每個痛苦之間跑來跑去
令人暈眩的遺忘和你那溫柔的善變
好像蝴蝶從一朵花飛到另一朵花；
你的憂愁和喜悅始終如影隨形：
漩渦的力道增添眼淚的渴望。
月亮和蒼白的水，還有溫柔的夥伴，
絕望的王子或背叛的大領主，

你照樣興奮狂熱，蒼白可能更美，
陽光撒滿你整個的病人房間，
陽光對著你哭泣，你卻微笑，然後痛苦……
懊悔的微笑和希望的眼淚！

格魯克（Gluck）

愛情和友誼的寺廟，勇氣的寺廟，
一位女侯爵在她的英國園林中升起這個意象，
瓦度早已在那裡的拱門底下包覆過多少愛，
以憤怒的筆調畫過多少光輝燦爛的心靈。
德國的藝術家——她曾經夢過 Cnide——
他曾經以毫不做作的自然手法雕刻許多作品，
比如你在教堂簷壁上所看到的情人們和眾神：
大力士海克力斯和他在阿密德花園裡的材堆。
跳舞的腳跟再也不拍打那條小徑，

眼睛和微笑的灰燼早已熄滅，
我們緩慢的腳步聲發出輕微的迴響，響徹遠方，
大鍵琴的聲音已死滅或變成沙啞。
但你們的呼叫雖也變啞，阿美特，伊菲吉妮，
我們仍受驚嚇，卻以手勢大聲說出，
而且，被奧菲索彎曲或為阿瑟斯特所頂撞，
你乘坐 Styx 號小船——既無桅杆亦無天空——
你卻在那裡濕潤你的天才。
格魯克和阿勒塞特一樣，在一個變化多端的時代裡，
透過愛情征服了不可避免的死亡；
他站在那裡，勇氣的巨大神廟，
他站在愛情小神廟的廢墟上面。

舒曼（Schumann）

老花園已經對你伸出了友誼之手，

聽到男孩們和群鳥在草堆裡吹口哨，
愛情讓人疲憊不堪，還有那麼多的階梯和傷口，
舒曼，愛幻想的士兵，戰爭欺騙了他。
快樂的微風滲透著大地，幾隻鴿子飛過，
茉莉的香味和大胡桃的陰影，
小孩在客廳火爐旁的火焰下讀著未來，
浮雲或微風對著你已埋葬的心說話。
以前你會對著嘉年華的喊叫聲流淚，
然後對著勝利的苦澀揉合它們的溫柔
這一勝利的瘋狂衝撞仍在你的記憶裡微微顫動；
你可以不停流淚：她屬於你的情敵。
在科隆的萊茵河，聖潔之水潺潺而流，
啊！河岸邊的慶典日子是多麼快樂啊！
你們都在唱歌！——破碎的憂愁，你竟睡著了……
天下著雨，眼淚布滿光亮的陰暗角落。

夢見活著的死人，信心的崩潰，
你的希望在花朵上面，他的罪愆則在塵埃上面……
然後要把你叫醒，或是由第一聲的雷鳴，
把你從睡夢中驚醒。
水流動著，香氣散發著，鼓聲絡繹不絕，美麗壯觀！
舒曼，啊！靈魂和花朵的知音，
在你那河流的快樂岸邊和許多痛苦之間，
靜靜的花園，深情款款，清新和忠誠，
百合花互相擁抱親吻著，月亮和燕子，
武裝前進，小孩作夢，女人哭泣。

莫札特（Mozart）

一個義大利女人手挽著一位巴維爾親王的手臂，
親王憂鬱而冷漠的眼神不斷在迷惑他的憂愁！
在他那寒冷的花園裡，他把手放在胸口上，

挺起壯碩的胸膛，面向一片陰暗，不停吸收陽光。
他那溫柔的德意志靈魂——深深嘆氣——
終於體嘗到被愛的懶散芳香，
他的手過於纖細而無法把握，
他那美麗的頭顱所散發的希望光芒。
可愛的天使，唐璜！遠離逐漸凋謝的遺忘，
站在一片芳香上面踩著花朵，
微風吹散芳香卻無法吹乾眼淚，
從安達魯的花園吹向托斯坎尼的陰影！
德國的公園瀰漫著如輕霧一般的煩悶，
那個義大利女人還是今晚的王后。
她的呼吸使得空氣清新芳香，
他那醉人的笛聲一滴一滴傾訴愛意，
在這燠熱的陰影裡，傾訴著依依別情，
新鮮可口的冰凍果汁，親吻，以及天空。

一位年輕女孩的告白

肉欲的渴望把我們帶著團團轉，然而事後你得到了什麼沒有？良心的懊悔和精神的頹喪而已。我們輕易跌入歡樂，卻總是帶著鬱抑的心情離開，晚上歡樂，早上沮喪。因此肉欲的歡樂以愉悅始，卻總是以傷害終。

——《耶穌行傳．第一卷第十八章》

人們在遺忘中尋找錯誤的歡樂，
因為醉酒而失去童貞，
紫丁香的溫柔香味。

——Henri de Régnier

終於快要解脫了，我很笨拙，我不會射槍，我幾乎差一點死掉，要是能夠當場第一發立即死掉，可能會好一些，結果子彈取不出來，必須等八天，八天不算太長，這之間我什麼都不能做，只能抓著那條可怖的鍊子。我要不是很虛弱，要是能夠自由移動，我很希望能夠跑去「遺忘之鄉」，然後死在那裡，或是跑去公園，撐兩個禮拜再死在那裡。不管跑去哪裡，都再也見不到我母親，她現在不在我身旁，可是難道她對我的愛不是最堅定、最熱絡和最不可動搖，且是始終如一的？

我的母親在四月底曾帶我去「遺忘之鄉」，她只待了兩天就離開，然後在五月中又來待了兩天，到六月的最後那個禮拜來把我帶走。她每次來待的時間都很短，顯得既甜蜜又殘酷，短暫逗留期間，為了滋養我那孱弱的身體和平靜我那脆弱的心靈，她總是盡其所能呵護我和照顧我，而這些她在平時是很吝於施捨的。她來「遺忘之鄉」的那幾個晚上，睡前她總會來到我的床前道晚安，這是很久以前的舊習慣，她已經很久沒這麼做了，如今她又恢復這麼做，讓我覺得很快樂也很感動。我以前常會因為她忽略這個習慣而睡不著，如今她又這麼做，一方面我覺得很快樂，可另一方面卻又覺得痛苦，因為她現在這樣做又喚起了我以前痛苦的記憶，以前她不來我床前道晚安時，我是多麼痛苦，卻又不敢提醒她，我不想讓她知道我很期待她的呵護和溫情，我只好尋找藉口，說我的雙腳冰冷得很難過，她只好來我床前，用她的雙手搓熱我的腳……，我會為此而在心裡感激她，但就是不懂她有時又要裝出對我冷淡的樣子。她每次來看我要離開時我總是會感到很絕望，我會拉著她的衣服不放，一直走到馬車旁邊，我懇求她帶我一起去巴黎，我裝出很渴想樣子，她不為所動，甚至還罵我「蠢！荒謬！」她要我好好學習控制自已的情感，我至今仍能深深感受她每次來看我要離開時，我忍不住所流露的那種強烈情感（那種情感非常刻骨銘心，至今不渝），然後我發現，她的強烈感情並不亞於我，她只是壓抑了下來而已。因此，她對我的溫柔感情很少表現出來，最多只表現在我因病住在「遺忘之鄉」，她來看我之時，有時意外來訪，更增添我的興奮快樂，她甚至毫不掩飾或壓抑她的柔情蜜意的時候，這時我會更加地高興愉悅，事實上，她的這種溫柔態度比我病情的好轉更能帶給我快樂，我甚至想到，當我的病痊癒之後會不想離開這裡，因為我會捨不得她來看我時所表現的那種溫柔感覺，因為回去之後她可能會恢復以前的嚴厲和冷淡。

有一天，我住在「遺忘之家」之前暫時借住在舅舅家，我的母親來看我時，他們卻把我藏了起來，因為我正好和小表哥在一起，不能立刻去見母親，但我卻迫不及待想要趕快見到母親。這樣的故弄玄虛可能是我這個年紀的青少年喜歡搞的節目，但我並不喜歡這樣。我的小表哥十五歲，我十四歲，他老是喜歡在我面前講些猥褻淫蕩的事情，讓我覺得肉麻而覺不堪入耳，既討厭又愛聽，他有時還會伸手愛撫我的手，激起我的快感，我無法忍受就憤而離開，我就跑去附近一個巴黎的公園，我知道我的母親會在那裡，我在小徑上到處找她，盡情喊叫她，就在一條林蔭小徑的前面，我看到她坐在一張椅子上面，微笑著對我張開雙手，她拿下面紗和我擁抱，我親了親她的面頰，眼淚跟著流了下來，我哭了很久，並跟她述說最近發生的事情，比如我這個年紀不該聽到的邪惡事情，她很專注在聽，卻好像聽不懂我在講什麼，甚至根本就故意加以忽略，這倒減低了我良心上的不安。我的良心不安慢慢解除了，我那破碎屈辱的靈魂得以慢慢恢復穩固起來，變得和原來一樣堅定有力。不久我可以感覺到我鼻孔呼出來的氣都充滿了香味，既新鮮又純潔，事實上我聞到的是藏在我母親背後一枝紫丁香所開的花朵散發出來的香味，往上看去，有幾隻棲息在上頭樹枝上的鳥兒正在高聲歌唱，再往上看去則是一片藍空，一望無際，看不到界限。我抱著我的母親，從未如此感到溫暖，她明天就要離開，對我來講，她這次離開會比前幾次更為殘酷，這次我再也無法承受她的離去所帶來的苦惱和難過，因為我心中充滿罪惡的感覺。

所有這些分離不約而同告訴我一個事實，那就是有一天我們終將永遠分離，儘管我當時無法預見我會死在她後面，我決定只要她一離去我就自殺。不久之後，我發現即使只是短暫的分離，都可能對我帶來極大的痛苦，卻慢慢可以適應，不久之後就不再感覺痛苦了。我現在反而常想起我和母親一起吃早餐的小花園，還有在那裡沉思默想的時刻，這些沉思默想經常是有一些哀傷的，像徽章一樣嚴肅，卻又柔軟光滑，有時是淡淡的紫色，有時又像紫羅蘭，幾近黑色，又透露著神祕而高雅的黃色，甚至變成脆弱的純潔白色。這些沉思默想我都保留在記憶裡頭，哀傷不斷增加，溫柔和光滑則從未消失。

II

這些記憶的清澈水流是如何常常出現在我腦海而毫無汙染？這些紫丁香的清晨香味具有什麼特別的魔力，可以穿過層層蒸氣而不會混淆，也不會減低香味？唉呀，同時看看我自己，我已經不是從前的我了，我現在已經是喚醒了靈魂的十四歲的我了，我知道我的靈魂已經不屬於我，它已經不再聽我使換了，我不認為有一天我會為它感到後悔，它還是很純潔，我要好好打造它，以便未來可以從事更高的使命。在「遺忘之鄉」的時候，我常常和母親在一天之中的炎熱時刻裡，來到河邊看水中的魚和照射在水上的陽光玩遊戲——或是早上和黃昏時我們在田野上散步，我心裡想著，擁有她的愛和我對她的孝順，我身上的力量，加上我身上正在蠢動的想像力和感情，慢慢打開我的心扉，即使過去並不如意，我認為我對整個未來還是充滿信心的。如果我盡全力衝刺，如果我緊緊擁抱著母親，像一隻小狗那樣跑在她前面遠處，或跟在她後面一路採摘矢車菊和虞美人，捧著花並喊叫個不停，這可不會增加什麼散步的樂趣，但對我躍躍欲試的年輕生命而言，想無限延伸我的觸角，穿過濃密的樹林和劃破無止盡的天空，摘花和喊叫這小小的行為，卻有助於我抒發情緒。如果我帶著微醉和熾熱的目光，微微顫抖著，把這些花束捧給你，如果你使得我笑和哭，那是因為我曾經在你身上編織許多希望，可嘆這些希望如今都破滅了，像你一樣，還來不及開花結果，全都付諸東流，歸於灰燼了。

對我母親而言，最感遺憾的就是我的缺乏意志力了，我做任何事情都是出於一時衝動，但由於她的理性能力的堅定，我的生活未必能夠多好，但大致來講已經算是不錯了。我的一切美麗工作計畫的實行以及冷靜和理性的維持，是我們優先考量的重點，她頭腦清晰冷靜，我則是一團混亂，但在我們的合作之下，還是顯現了一股強勁的力量。但母親永遠只是一個投射在我身上的意象，我藉此意象在創造我自己，並注入她身上所有的堅強意志力。可是我總是會把事情往後拖延，一天拖過一天，事情越堆越多，到最後什麼事都做不了。我會感到害怕，幾年下來，母親也看出來，我的這種習慣不可能在一夕之間改變，她也就不企圖要改變什麼，她不期待能夠改變我的生命或是在我身上創造意志力，除非奇蹟出現。但是意志力還是不夠，還有一樣更重要的東西，那就是：意願。

III

色欲的狂亂風暴
敲打著你的肉體和私處。

——波特萊爾

我十六歲的時候，經歷了一次危機，讓我覺得非常痛苦。起初，他們為了讓我覺得快樂，就帶我進入社交界，許多年輕人經常到我家約我，其中有一個顯得很變態，也很惡劣，他一方面表現得很溫柔，同時又很粗暴，可是我竟然愛上了他，我的父母知道了這件事情之後，並沒有特別阻擾我。我會經常想他，想見到他，我終於不得不對他低頭，然而也是出於我自己的意願。他不停引誘我，想把我推入萬劫不復的深淵，這時卻喚醒了我心中不安的想法，其實這種不安想法始終在我心中存在著，存在於黑暗的角落裡，這時終於全面喚醒了起來。這段戀情很快就結束了，但我還是很想戀愛，不久又有一些素行不良的年輕人前來探測，他們變成了我的弱點的共謀者，我覺得良心不安。我的一些好朋友把我帶到父親旁邊。她們要讓我知道，年輕人都是一個樣子，你跟誰在一起，父母都會假裝不在意，其實他們是有在注意的，我只好用說謊來欺騙他們，甚至用美麗的藉口來修飾我的謊言，這似乎是最好的武器。這個時候我除了還可以思考，可以作夢以及可以感覺之外，我的生活簡直像行屍走肉。

為了驅除這些不良欲望，我開始盡量多到外頭走動，我過去已經習以為然的樂趣漸漸變得枯燥乏味，我加入一些群體活動，但同時我卻失去了享受孤獨的祕密樂趣，這種樂趣經常把我帶向自然和藝術的境界。我從未像這幾年那樣那麼勤於出席音樂會，過去一段時間以來，過分忙於在一個高雅房間裡被呵護崇拜，幾乎已經忘了音樂更深入的迷人魅力，我會聽，甚至有時很注意聽，卻無法深入體會其中奧妙。還有我所喜愛的散步也都一概荒廢了，以前很多事情，比如散步，都會帶來許多生活上的愉悅，已經很久沒體會散步所帶來的樂趣了，黃昏時走在田野上，看著一片草地在微弱的陽光底下閃閃發亮，潮濕的樹葉所散發的香氣，滴下前一晚雨水所留下的最後幾滴水珠，那種樂趣已經很久沒再體會到了。樹林和天空，還有河流，全都早已遠離我而去，我和它們之間的對話，以前會讓我精神煥發，如今再也體會不到了。河流的水聲隨時歡迎客人的到訪，還有樹葉和天空，來訪的客人必須心胸純潔無瑕。

起先我在尋求精神疾病的治療時，我反而忽略了這些近在眼前的東西，其實也是挺遙遠的，我去尋求世俗罪惡的樂趣，我企盼在世俗的環境中重新尋覓早已熄滅的火焰，結果一場徒勞。我老是想藉取悅別人來獲得樂趣，我下定決心想要自由自在行動，一切自由選擇，想做什麼就做什麼，我甚至選擇孤獨。自由和孤獨，我兩者都要，甚至把它們融合在一起。我說了什麼？每個人都會設法打破自己思想上和情感上的障礙，思想和情感會互相干擾，我會想走入世俗世界，為的就是能夠糾正我所犯的一個過錯，然後平靜下來，可是當我平靜下來之後卻又犯了另外別的一個過錯，在這個喪失了純真之後的時刻裡，這想來真是可怕，從今天眼光回顧，我的內心充滿了懊悔，這是我一生當中到目前為止最卑微狼狽的時刻，有許多人會認為我是一個矯揉做作又愚蠢的小女孩，今天剛好相反，我的許多想像和作為都已合乎世俗的要求，而世俗的要求是有所偏差的。然而當我對著我母親犯下最大的罪過時，大家反而說我是個模範小女孩，因為我和母親相處一直都是很溫馴孝順。在我自殺失敗之後，大家開始崇拜我的聰明和智能。我的想像力變得枯乾，我的感覺變得麻木，僅能應付精神生活的要求而已，當然這種精神生活的要求是假冒的，像他們止不住的謊言那樣到處竄流！然而，沒有人會懷疑我在生命中所曾犯過的祕密罪惡，大家一直把我當做模範的年輕女孩看待，有許多父母會跟我母親說，如果我的姿態稍微擺低一點，讓他們可以輕易一點接近我，他們兒子要娶親的對象絕不會是別的女孩！在我閉塞的良心深處，我感覺到這樣的讚賞根本與絕望恥辱的事實不合，我的良心從未浮上表面，我的本質是那麼低微，隱藏著那麼深重的罪惡，我無法笑著迎向它們。

IV

對任何人而言，一旦失落了的東西
就不可能再尋回……永遠不可能！

——波特萊爾

我二十歲那年冬天，我母親的健康急速惡化，她的身體一向就不是很好，我知道她有心臟病，雖然並不嚴重，但不能讓她陷入任何煩惱。我一位舅舅跟我說過，我母親希望能夠於有生之年看到我嫁人。這對我而言似乎是個很重要的義務，我要藉此證明我是多麼愛她，因此我打算要來結婚，她對我的首要要求是，我首先必須強迫自己改變生命方式，我接受了這個要求。我的未婚夫是個標準的模範年輕人，不但非常聰明，而且個性溫和，活潑有勁，我相信他對我會有很好的影響。此外，他決定婚後和我們住在一起，這樣一來我就不必和母親分開，這對我來講，簡直就是最嚴酷的懲罰。

我提起勇氣去跟我的懺悔師訴說我的所有過錯，我問他我是否有必要也同樣跟我的未婚夫悔罪，他轉開話題，不置可否，還勸我以前犯過的過錯以後不可以再犯，然後宣告我的赦罪。我心中遲開的的花朵所帶來的喜悅終於還是帶來了果實，上帝的恩寵，年輕的恩寵——即使身上傷痕累累，由於年輕力盛，還是癒合得很快——我終於還是痊癒了，聖奧古斯丁說過，人一旦失去貞潔，要再復原就很困難了，我終於學到了最寶貴的一課。許多人都看到我變好了，母親每天親吻我的額頭祝福我，她以前從不相信我會有再生的一天，那時有人責備我老是一副心不在焉的憂鬱樣子，這不公平，但我並不生氣：我和我自己滿足的良心之間已然形成一股堅定的意志力量——不停對我微笑著，就像我母親以淚乾之後的雙眼溫柔地望著我一樣——一方面充滿魅力，另一方面卻又令人覺得難過。是的，我生命裡的靈魂已經再生，我不懂以前為什麼沒好好對待它，還不停讓它受苦，還幾乎殺了它，我感謝上蒼讓我及時救了它。

在此一深層的喜悅和清新肅穆的天空互相交融之下，我品嘗著「一切皆好」的夜晚，我的未婚夫不在身旁，他去他姊姊那裡待兩天，在一次晚上聚餐的場合，有一位參加聚餐的客人竟然是和我過去有過瓜葛的那位年輕人，在這帶著微微憂鬱氣息的清澈五月夜晚，我的不堪過去並未被揭露出來，照射在我心中的天空沒有一片烏雲。我的母親，她對我過去所犯的過錯也不是那麼清楚，她和我靈魂之間總是存在著一個很神祕的堅定基礎，即使有所損傷，現在也都慢慢在復原。「再十五天的時間，醫生這樣說，應該不會再復發了！」醫生這番話，讓我感覺像是對我未來幸福的一個承諾，我不禁流下了眼淚。那天晚上，我母親穿著一件比平常高雅的洋裝，自從父親去世以後，母親已經有十年的時間未再穿過這件衣服了，這件洋裝已有至少十年的歷史，黑色中泛出一層淡淡的紫色，仍然十分高雅。她為什麼要這樣穿，她自己也感到困惑，這是她年輕時的裝扮，也許是為了討好我，也為了慶祝我的重生。我走過去，看到她的短大衣旁有一個玫瑰色環扣，我遲疑了一下，覺得有些不好意思，然後忍不住伸手去撫摸它。當大家要上桌的時候，就在離我不遠的窗旁，我瞥見到她那優雅而充滿痛苦的臉龐，我走過去深情地把她緊緊抱住。我跟她說我很懷念以前在「遺忘之鄉」時，和她溫柔的親吻，今晚重溫舊夢，又回到了「遺忘之鄉」，我再度領略了她的溫柔親吻，彷彿又跌入了過去的美麗時光，那種溫馨的感覺重新又浮現在她的臉頰和我的雙唇之間。

大家為我即將到來的婚禮喝酒乾杯，我平常並不喝酒，只喝水而已，因為酒精會刺激我的神經，我的舅舅說這個場合是例外，我必須喝一些才行，當他這樣說時，我可以看到洋溢在他臉上的喜氣……老天啊！老天啊！我要在這裡冷靜說出一切，不要停止，我什麼都再也看不到！如果……如果舅舅說在這樣的場合我是否可以破例一次，他看著我，笑著跟我說這些話，我拿起一杯酒看著母親一口飲盡，趁她阻擋我之前把酒喝了，她低聲說：「我們不要勉強她，年紀還那麼小。」可是香檳是很溫和的酒，我又繼續喝了兩杯，我的頭變得很沉重，我覺得我必須休息，好讓神經鬆懈一下，大家起身離開餐桌，這時賈克來到我身旁，看著我說：

「要不要跟我來，給你看看我最近寫的詩？」

他那漂亮的眼睛在他的兩頰之間閃閃發亮，他用手撩了一下他的小鬍子，我知道我已迷失了，已經無力抗拒，我顫抖地說：

「是的，我很樂意看。」

這句話好像從很遙遠地方傳過來，也許在喝第二杯香檳的時候我就已經預備要幹壞事了。之後我就任其擺布，我們進到一個房間，他把兩個門都鎖上，我可以感覺到他吐在我臉頰上的氣息，他緊緊抱著我，他的手在我身上到處撫摸著，我隨著快感的增加，竟突然醒了過來，我內心深處感到無比的憂傷悲痛，我感覺好像讓我母親的靈魂掉眼淚了，也讓我的守護天使和上帝一起掉淚了。此後我再也無法讀惡徒虐待動物、老太婆和小孩的故事，只要一讀到就全身顫慄發抖。我此刻感到困惑，同時也了解到，這一類淫蕩和罪過的行為之所以會發生，身體機能的自然反應要占很大的因素，還有我們個人薄弱的意志力也脫離不了關係，我們最後就變成像是殉道和哭泣的純潔天使。

不久我舅舅結束了他們的牌局，我們要趁他們回來之前趕快離開，我來到煙囪底下的火爐上面照鏡子，我看著鏡中的自己，我靈魂的痛苦並未展現在臉上，可是可以感覺到它一直都在呼吸著，燃燒著的兩頰之間的眼睛正在閃閃發亮，嘴巴張著，都說明著肉體的愉悅是多麼的愚蠢和殘酷。我心裡在想，要是剛才有人看到我和母親那樣憂鬱而溫柔的擁抱親嘴，再看到我現在這副狼狽德性，心裡不知道會怎麼想。這時賈克來到我旁邊，站在鏡子前面，我們互相靠著臉，在他小鬍子底下的嘴巴，顯出一副貪婪的樣子，我的內心感到紛擾不安，我的頭從賈克那裡移開，猛然間看到對面陽台上，在窗子前面，這我已對你講過，我真的看到了，我看到我母親正表情呆滯地望著我看，我不知道她有沒有喊叫，我什麼都沒聽到，這時她往後跌倒，頭夾在陽台欄杆的柵欄之間。

這不是最後一次我對你述說這個故事，我已對你說過，我差一點沒擊中，我雖然瞄準了，卻沒射好，子彈夾在身體內，他們一時取不出來，我必須一直躺著不能動，等待八天，新的意外現在才要開始，我無法估量目前的形勢，也無法預見未來會怎麼樣。我寧可我母親有看過我犯的其他罪過，可惜她沒看到我在鏡子裡的愉悅表情，不，她根本不可能看到……這是一場巧合……她在看到我的一分鐘前中風了……她沒看到什麼……她不可能看到什麼。上帝洞悉一切，但不會讓這種事情發生。

進城吃晚飯

「可是，馮達尼斯，誰有幸能和你共享這一餐？我倒是很想知道。」

——賀拉斯

一

歐諾雷遲到了，他一進門就先和屋子的主人以及他認識的客人打招呼問好，再和其他人稍微寒暄一下，然後就上桌了。隔了一會兒之後，坐在他旁邊的一位年輕人要求他為他介紹在場的客人，他們素昧平生，以前從未見過面。這位年輕人長得很帥，難怪屋子女主人會邀他來晚餐，還不斷對他飄來炙熱的眼神，同時還聽說邀請他加入她們的社團。歐諾雷可以在他身上感受到一種未來的強勁力道，但他並不羨慕，他對他客氣完全是出於一種禮貌。他環顧周圍打量了一下，他注意到坐對面的兩個人從頭到尾都不講話，屋主出於一番好意同時邀請他們兩人並安排他們坐一起，因為他們都是從事文學工作。沒想到兩人一見面就互相憎恨，互不吭聲。較年長那一位——像睡著一般——是保羅·德·賈丁先生和德佛格先生的親戚，坐在那裡故作沉默，對旁邊較年輕那一位露出一副不屑一顧的姿態。較年輕這一位是莫里斯．巴雷的一位得意門生，他對年長這位也回報以相同的鄙夷眼光，他們互相看不起對方，也互相激怒對方，他們的行徑好像冒犯到了黑社會老大或是白癡團體的頭頭，有理說不清。稍遠的座位上坐著一位漂亮的西班牙女士，正在努力狂吃，她犧牲這個晚上的其他重要約會，特地來參加今晚這個高雅的飯局，期待能夠在這個場合磨練一點什麼，對她的世俗生涯可能會有點幫助，當然她還有其他原因在算計這一切，她的一位熟識，佛洛梅夫人愛裝高尚的習性，對她的女性朋友和對她而言，都一致指向反中產階級化。很湊巧今晚來聚餐的這些人都是佛洛梅夫人無法邀請到她家吃飯的人，而她希望能跟他們灌輸她的理念，儘管大家的想法多麼不同，這位西班牙美女取代了原先被賦予任務的女公爵，自己來出席這場飯局。西班牙美女早就認識這位女公爵，但並不看好她能做出什麼像樣的事情，根本無法勝任這個任務。在許多晚宴的場合，公爵夫人總是和她丈夫怒目相視，她先生會不停從喉嚨發出低沉的聲音，每間隔五分鐘就會聽到有人這樣說：「可不可以麻煩幫我介紹公爵？」「公爵先生，可否麻煩幫我介紹公爵夫人？」「公爵夫人，我可不可以把我的太太介紹給您？」他會為和隔壁的主人的合夥人聊天，覺得浪費時間而感到懊惱。一年多以來，佛洛梅先生一直想透過他太太邀他來他的晚宴，他太太後來答應了，來晚宴時還把特別把公爵安排坐在西班牙美女的丈夫和一位人文主義者之間，這位人文主義者讀書很多，同時也吃很多，他出版許多本語錄和注釋的書，他不喜歡坐在他旁邊的一位看起來像高貴平民的女士，叫做勒諾爾夫人，但她卻能夠主導談話的方向，她談到維佛親王在達歐米戰役的大勝，語氣充滿激動：「親愛的孩子，這可讓我十分高興，整個家族都為此感到榮耀！」事實上，她是維佛家族的遠房親戚，他們都比她年輕許多，但都對她另眼看待，她結了三次婚都沒生育，繼承了很龐大的財產，對家族忠心耿耿，每當家族裡有人有什麼重大成就時，她都會到處宣揚吹擂。她曾為家族有人背地裡幹出醜陋卑鄙行為而感到羞恥，她那睿智的額頭永遠披著奧爾良扁帽的彩帶，只有將軍資格的人才能戴這樣的東西。她能夠闖入這麼封閉的家族當起家來並繼承遺產，她覺得十分驕傲，可是在現代社會中，她總是覺得有被驅逐的感覺，她老是會用憐憫的語氣說「這些以前的老先生們」。她愛裝高尚僅是出於想像，她自己的想像，上一代許多名人的名字和榮耀在她心扉上留下了不可磨滅的印象，她深覺與有榮焉，和一些親王用餐的樂趣似乎比不上讀有關上一代王朝的回憶錄。她的髮型永遠不變，頭髮上老是用葡萄來裝飾，她的眼睛始終閃爍著愚蠢的亮光，她始終保持微笑的臉龐的確顯出一股貴氣，但手勢動作偏多，而且難看。出於對上帝的信心，不管是要參加花園派對或是遇到革命鬧事的前夕，她的內心永遠洋溢著一股樂觀主義，會擺出一副要趕人的手勢，好像要把激進主義和壞時光趕走的樣子。坐她旁邊的那位人文主義者和她講話時會露出一副高雅的無精打采樣子，顯然帶有不屑的味道，他引用賀拉斯和其他詩人的詩句，藉此博取其他人的注意來掩飾自己的高傲，還有掩飾他的貪吃和貪喝。他那狹窄的額頭上圍繞著幾朵古老而亮眼的玫瑰假花，勒諾爾夫人可以感受他那偽裝的禮貌，但同時也可以感受他身上的力量而加以尊敬，這種能夠維護傳統的人今天已經不多見了，她這時轉頭對佛雷梅先生的合夥人講了五分鐘話，佛雷梅先生一點也不在意，坐在餐桌另一頭的佛雷梅夫人趁機對她說了許多漂亮恭維話，她希望這樣的晚宴可以繼續舉行好幾年，當然我們不必到處宣揚，我們只要默默做我們的事情，佛雷梅先生白天到銀行上班，晚上陪太太交際，或待在家裡接待來訪客人，來者不拒，要不要開口，悉聽尊便，最好不要開口。直到最後，他發現大家沒什麼反應，就暗暗生悶氣，或是賭氣不理會，或是壓著不生氣讓自己變鈍，他的情緒很錯綜複雜。那個晚上，和往常一樣，佛雷諾夫人把目光從銀行財務長身上轉到一個更親切更令人滿足的對象上面，她讓她的目光和合夥人的目光相遇而閃出火花。佛雷梅先生並未因此而受苦，反而有一種短暫解脫的輕鬆感覺，而且實實在在，這並不是因為他覺得自己高高在上，而是男人和男人之間所萌生的某種兄弟愛發揮了作用，好比我們在國外陌生地方遇見一個法國人，再怎麼討厭，同胞愛的感覺還是會油然而生，道理是一樣的。他每個晚上會違反自己的習慣去剝奪該有的休息，甚至連根拔起做得很徹底，他聯想自己和某個人產生了連結，既討厭又強烈，他只想把那個人從孤立無助的處境中拉拔出來。佛雷梅夫人在面對來參加晚宴的客人的時候，她在客人群中立即可以一眼認出她的金髮帥哥。每個人都像透過扭曲的稜鏡在看她變化多端的特性，她充滿野心，詭計多端，性喜冒險，至於金錢上，她貲財豐富，足以讓她衣食無憂並過閃亮耀眼的日子，在許多富豪或貴族人士眼中看來，她受人歡迎並不是取決於她的財富，而是她的聰明和身上的優良德性，她從不會忘記她以前那些卑微的朋友，他們生病或有生活上的困難時，她絕不會吝於伸手援助，每當有親戚或教士不幸亡故時，她一定會來到床旁一掬同情哀憫的眼淚，立即消除他們心中所有的怨恨。

那晚來吃飯的客人當中最討人喜歡的一位是年輕的D女公爵……，她看起來很機靈敏捷，從不露出憂慮或困惑樣子，可是相對而言，一雙漂亮的眼睛卻顯得無比憂鬱，嘴唇一副悲觀模樣，一雙手有氣無力的樣子。這位生命的超強情人，展現著多面貌的形式，善良仁慈，文學，劇場，行動，友誼，全力以赴，毫不鬆懈，像一朵孤傲的花朵，她那美麗的紅色雙唇，散發著勾魂攝魄的魅力，挑動著各個角落。她那堅定的眼神，似乎從不會為懊悔的惡水所侵犯。不知有多少次，在街上或劇場裡，有多少人被她那變動不羈的星座所吸引並喚起他們的夢想！這時候，女公爵想起了一齣滑稽劇，或是不再使用能夠吸引那些已不再來往的高貴同黨的香水，她漫步在許多絕望和深邃的目光之下，這些目光還不乏帶有憂鬱氣息。她的談話很精彩，卻不經意含有早已過時的高雅，同時帶有古代懷疑主義的魅力。大家才剛剛有過一場討論，這位女伯爵是生命的絕對主義者，她主張人應該只有一種穿衣方式，但在思想上她的觀念可不一樣，她對每個人重複說：「為什麼我們不能隨心所欲說話和思考？我可能是對的，你們也是，只能有一種意見，這太狹隘也太可怕了。」她的聰明和她的身體不一樣，她的聰明穿著最新流行的式樣，她能夠隨意和那些象徵主義者和信徒開玩笑，她的聰明正如同其他既美麗又活潑的女人一樣，都是為了取悅舊式的服飾，也許都帶有賣弄風情的意思。然而，有某些過分生硬強烈的觀念卻可能減弱她的聰明水平，正如同有些太強的顏色會阻擋她臉色的光芒一樣。

在歐諾雷眼中看來，雖然他能夠很快在這些親切和藹的美女臉上勾勒出其顯著不同，但仔細想來，她們在本質上並無太大相異，亮麗的托雷諾夫人，聰明的D女公爵……，還有漂亮的勒諾爾夫人等等，然而他還是忽略了她們共同的愚蠢特點，而且這個愚蠢特點還帶有傳染性質，無一倖免，那就是愛裝高尚。就本性而言，她們會刻意裝得與眾不同，尋求屬於她們自己的風格，比如勒諾爾夫人起先並不嚮往愛裝高尚風格，但卻不期然被托雷諾夫人征服了，就像公務員一直想往高位爬一樣，她已然無法自我控制，然而她畢竟是個通達人情的女人，她旁邊座位的人才跟她說他在孟梭公園見過她可愛的小女兒。她很快打破了她憤慨的沉默，她很快感受到這種連親王都無法挑起的談話欲望，她很不自覺就立刻感覺到一股想和對方談話的欲望，他們就像老朋友那樣侃侃而談起來。

佛雷梅夫人顯然因為任務的完成，感到滿足而情緒高昂，她主宰著整個談話過程，她向來習於把著名作家介紹給女公爵們，她像個手腕靈活的外交家那樣，在外交活動中左右逢源。一個常去劇場看戲的觀眾就曾經在他下方看到許多藝術家、群眾、作者、才智之士以及劇場的愛好者熙來攘往，熱鬧非凡。整個談話的氣氛相當和諧，在這樣一個難得的晚宴聚會場所，大家坐得那麼靠近，甚至膝蓋還互相觸碰，大家根據自己的氣質和教育水平互相交換接觸文學的心得，當然還得看看你旁邊是坐什麼樣的人。這之間有時會產生障礙乃勢所難免，歐諾雷旁邊的帥哥帶著年輕人慣有的謹慎委婉地說，赫洛帝亞的作品充斥太多思想的東西，比一般所說的還要多，其他客人一聽，紛紛露出不耐煩神色，這時佛雷梅夫人立即叫道：「剛好相反，這些都只是迷人的贗品而已，一些奢華的琺瑯質製品，也可以說是沒有瑕疵的金銀製品。」這時每個人臉上才又出現滿足和高興的樣子。在這樣的場合談論無政府主義會是很嚴肅的事情，佛雷梅夫人向來不喜歡違反自然法則的東西，她這時就輕聲說：「這有什麼好呢？這世上永遠存在著窮人和富人。」即使是最窮的人每年也會有十萬利佛的年金收入，這是令人感到意外的事實，並非誇大之言，大家不妨愉快舉起酒杯來，乾掉最後一口香檳酒。

II 晚飯之後

歐諾雷喝了許多混合的酒，整個頭感到有些暈眩，他未向主人告別就逕自離開，他穿上外套一路走向香榭里大道。他心裡覺得很高興，阻礙我們的欲望和夢想的障礙已經完全解除，透過行動，他的思想可以自由馳騁，穿透不可能實現的一切。

這些神祕的大道，許多人來來往往，甚至在其深處也許每個晚上都隱藏著喜悅的陽光或是一片荒蕪，都在吸引著他。每個來往的人他都覺得友善，他不斷在一些小街道上走來走去，期待碰到一些人，他可以和他們親切交談而不會覺得害怕。附近的一個鷹架倒塌了下來，他的生命卻不斷往遠處延伸，延伸到他的新生和他的神祕，直延伸到邀請他去拜訪的鄉下朋友。唯一讓他感到遺憾的是，這樣的一個晚上讓他覺得不管是幻象還是真實，他總是覺得失望，他似乎除了去吃一餐和喝酒以及看看一些美的事物之外，好像並沒有真正做了什麼，他為不能立刻追及遠處距離他很遠的某些虛無飄渺的東西而覺難過，已經有一刻鐘，他為自己發出的誇大聲音感到訝異：「生命是憂鬱的，真蠢！」（後面這兩個字眼還用右手的一個激烈手勢去加強，他注意到他的手杖的激烈晃動）。他憂鬱地自言自語，並且想到，這兩句機械式的話語應該是無法表達的情緒的一種拙劣翻譯。

「唉呀，毫無疑問，我的樂趣或是懊悔更增加了百倍，但我的聰明程度卻是原封不動，我的幸福還是很焦躁不安，很個人的，無法傳遞給他人，如果我現在寫作，我的風格一定和以前一樣，沒什麼變化，一樣充滿許多謬誤，唉呀，一定和往常一樣平庸。」但是他在體魄上的舒適愉悅卻讓他一直感到很安慰，他來到了林蔭大道上，許多行人和他擦身而過，他和他們互相表達善意，他解開他的短大衣，露出裡頭合身的白色襯衣，以及那暗紅色的扣子。他藉此和陌生行人互相交換和善的眼光，這是他和他們的淫蕩交易。

懊悔：時間的夢幻色彩

詩人的生活方式應該很單純，最平常的事物就可以讓他感到心滿意足，一道陽光，甚至一點空氣，都足以讓他產生靈感，一滴水就可以讓他陶醉不已。

——愛默生

一、退勒里王宮

今早在退勒里花園，微弱的陽光灑在石階上面，好像金髮美少年的頭髮散布在有些陰暗的步道上，閃爍不定。舊王宮的庭前剛長出一些綠色的青芽，微風輕拂，和紫丁香的清新香味互相混雜著，我們附近的一些石雕像看起來有點嚇人，卻又像傻子般矗立在林蔭小徑上，好像被綠色所遮掩著，在一片綠色林葉中不知道在想些什麼。在底端有幾個小池塘，懶洋洋躺在那裡，和藍色天空的亮光互相輝映著。從水邊的平台上，我們彷彿可以看到上一個世紀從奧賽碼頭的老社區鑽出一位輕騎兵，緩緩騎過河岸。這裡有幾盆天竺葵，外面盤繞著幾株牽牛花，天芥菜在太陽亮光的照耀下，好像在熊熊燃燒。在羅浮宮前面，豎立著幾株蜀葵，好像旗桿那樣屹立不搖，像石柱那樣雄偉高貴，也像花枝招展的年輕女孩。水池的噴水水柱往天空噴射著，在陽光照射下很像彩虹，娓娓傾訴著愛情。在平台的底端有一位石雕的騎士，騎在馬上作瘋狂奔騰狀，一邊吹著號角，整個身上洋溢著濃濃的春天氣息。

這時整個天空抹了下來，快要下雨了。那些小池塘不再反射太陽的亮光，像幾個張大了眼睛的空洞眼神，裡頭含著淚水。在微風吹拂下，水池上的水柱也逐漸變得有氣無力，很微不足道的樣子，帶有嘲諷味道。紫丁香也失去了淡淡的香味，透露出濃濃的憂鬱。另外一頭，騎在馬上正在瘋狂奔騰的騎士，一動不動，抬著頭面向天空吹著號角。

二、凡爾賽宮

時值晚秋時分，在稀疏的陽光照射下，仍覺些許燠熱，但秋天的顏色已經褪得差不多了。樹木葉子的濃烈香味四處橫溢，每個早晨和下午都會帶給人一種感覺，這些葉子已熟透到快要掉落了，只有大麗菊和萬壽菊，以及各種顏色的菊花，仍在秋天的黯淡氣氛息下閃閃發亮。黃昏六點鐘時，我們經過退勒里王宮，天空一片灰濛濛，顯得有點陰暗，那些黑色樹木的樹枝顯露出一副絕望而無精打采的樣子，枝上一些孤零零的花朵，顯得孤單無助，繁茂不再，我們的眼睛不得不慢慢去適應這副淒涼景觀。早上的景觀看起來比較溫和一些，特別是出太陽的時候，我離開水邊的平台，信步沿著石階樓梯往下走去時，我還可以看到我的影子在石階上一路晃動個不停。關於凡爾賽宮，前人已經講過很多，我不想在此老調重彈。這個老掉牙的偉大名字，林木茂盛的皇家墓園，廣闊的水池和巨大的大理石，貴族和敗德的地方，我們會想到有多少建築工人的生命投注在那上面，他們的生命曾經多麼淒涼憂傷，只為了打造這獨一無二的偉大工程。我還要說的是，我在秋日午後來到這裡，來到玫瑰色大理石打造的水塘旁邊，我細細品味這一切，同時品嘗著這美好秋日午後所帶來的醉人和苦澀的滋味。地上撒滿枯黃的落葉，遠遠看去像是一塊黃紫色相間的退了色的拼湊畫。我經過一座小村莊，冷風迎面吹來，我把短大衣的領子豎起來擋風，我聽到鴿子的咕咕叫聲，一路都可以聞到黃楊木所散發的香味，好像來到了禮拜天的聖木主日，令人陶醉不已。我在想，我有否可能在這些已被秋天劫掠過的花圃摘到一小束春天殘留下來的花朵。在水池上，一陣風正浮掠過一朵搖擺不定的玫瑰花的花瓣。在這特力亞農的一大堆落葉裡，只有一株天竺葵從冰冷的水裡伸到小拱橋上，花朵在風中屹立不移。我曾經在諾曼地體嘗過強風迎面吹來和路上風沙飛揚的滋味，也曾經在那裡透過一片白色杜鵑花看著海上閃閃發亮的景觀，我知道長在水邊的植物大都會長得比較優雅，可是像這棵天竺葵長在冰冷水裡，不怕冷風吹襲，還能長出這麼清純漂亮的白色花朵，獨樹一幟處在河流兩岸的枯葉之間，這倒是很少見到。垂老的樹木還可以長青，我們到處可以看到許多搖搖欲墜的樹枝和一些水塘，永遠就在那裡，不會枯委，也不會乾涸，就像有些垂危的樹木只要澆灌尿液，就立即恢復生機！

三、散步道

儘管天空清澈無雲，陽光十分燠熱，風吹來時還是令人覺得寒冷，樹木和冬天時一樣光禿禿的。為了就地生火，我上前折下一枝枯枝，還流出了一些汁液，我的手臂一直濕到手肘，在冰冷的樹皮底下，我的心有點慌亂。在樹幹之間，在乾癟的冬天土地上長滿了銀蓮花、報春花和紫羅蘭。旁邊的小河流，昨天還是一團陰鬱和空蕩蕩，今天在溫柔天空照射下，反映著藍色和活潑生氣，像是充滿活力一般躺在那裡。記得十月裡那幾個美麗的夜晚，晴朗的天空懶洋洋垂掛著，一直延續到水邊的底端，好像在為愛和憂鬱而垂掛著等死。今晚的天空，一片溫柔的碧藍色，同時還不時交雜著許多其他顏色，灰色和藍色，還有玫瑰色——這可不是大塊烏雲的反射色澤——而是水裡閃閃發亮的鰭魚和鰻魚或是胡瓜魚在牠們棲息的地方所發射出來的光澤，牠們快樂地在水中游來游去，於天空和水草之間悠游自得，在草原之中，在大樹底下，牠們感受到極為歡暢的快樂，好比像我們在春天來臨時的心情。水在牠們的頭上，耳朵之間和肚子底下，不停潺潺而流，迎著陽光，高興地歌唱著。

到飼養場去取蛋也是一件賞心悅目的事情，太陽就像多產而靈感豐富的詩人，不會吝於在毫無藝術氣息的卑微地方散布它的美，它也不必加入任何藝術團體，可以隨時隨地就地取材，比如砍下來的的一棵梨樹，或是隨伺在側的一位老女僕，它都可以立即完成美的創作。

前面好像來了一個人，身著皇家服飾，他穿梭在鄉下農家事物之間，他躡手躡腳，生怕弄髒衣服，這是什麼？這是一隻朱諾的鳥，牠會全身發亮並非來自死的寶石，而是來自亞哥的眼睛，這隻孔雀的奢華樣貌震驚了四周圍。就在一個節慶的日子裡，在第一批客人到來之前的片刻，牠套著袍子露出變化多端的尾巴，蔚藍色的套頸套在脖子上，頭上插著羽飾，全身金光閃閃的女主人走過庭院，許多看熱鬧的人擠在欄杆前面，看得眼花撩亂，她一邊下達最後指令，一邊走到門檻上要親自來迎接親王。

喔不，這隻孔雀竟在這裡度過一生，天堂之鳥關在這個飼養場，和火雞以及其他雞隻混在一起，好比安德洛瑪克被俘虜之後和許多奴隸關在一起，拖著羊毛在那裡走來走去，她同時還不放棄她的貴族徽章以及繼承而來的金銀財寶，這令我們聯想到阿波羅的故事，他因犯錯被宙斯判決到凡間為阿德米特國王看守羊群。

四、一家人一起聆聽音樂

對一個家庭的每一位成員而言，都會很期盼家裡能夠有一個花園，在春天和夏天以及秋天的夜晚，大家在一天的辛勤工作之後能夠聚在那裡，即使花園很小，只要籬笆不要太高，他們一抬頭就能看到整個天空，他們一言不發，眼睛望著天空，陷入了一陣夢幻。小孩夢想著他未來的計畫，想著未來他要和好朋友住在一起的房子，也想著未來生命中可能會遇到的陌生人。大一點的孩子則夢想著未來神祕美好的事情，年輕的母親想著孩子們的未來，她想到自己紛擾不安的過去，看著此時此刻丈夫冷漠的表情，不禁引發一股懊惱和自我憐憫的感覺。父親的眼睛隨著飄過屋頂的一股輕煙望去，想著自己平淡無奇的過去，以及可能還有一點曙光的未來，他想到了自己不久未來的死亡，以及他死後孩子們的生活。到了要各自回房睡覺的時候，每個人的內心都充滿著宗教情感，這時一旁的高大椴樹、栗樹和冷杉樹早已慢慢在散發香氣，像是對他們的祝福和致敬。

對一個更為活潑的家庭而言，每個成員可能會想到也更喜歡較為深刻而充滿情感的活動，在晚上大家聚在一起的時光裡，他們可以投入一個年輕女孩或年輕男孩的清澈美妙歌聲裡。要是此時有一個陌生人從花園的大門口經過，他會看到花園裡的每個人都噤聲不語，如果他沒聽到唱歌聲音，他還會以為他們正在望彌撒，我們可以想像，大家聚精匯神聆聽音樂的態度，和崇拜宗教的虔敬行為實在沒什麼兩樣，都一致指向一種性靈提升的訴求。有時一陣急風吹向雜草，並撼動樹枝，風吹來時，大家的頭就低下來，然後又突然抬起，大家好像在聆聽一位信使所帶來的令人震撼的消息，最後被驚醒了過來。音樂的曲調起伏不定，一會兒哀傷低沉，一會兒愉悅振奮，然後又趨於絕望哀怨。音樂的光芒四射，或有時像神祕的黑暗陰鬱，對老者而言，它展現了生命和死亡的雄偉景觀，對小孩而言，它呈遞了大海和大地的懇切承諾，對情人而言，是一種無止境的神祕，是陰鬱的愛情裡的一道微光。思想家在其中看到了他自己道德生活的運作，旋律下降時，他顯得軟弱無力，跌入了低潮，當旋律又重新奮力飛揚時，他的心又開始奮發了起來，有力的低聲細語旋律，直抵他內心的最深處並喚起他一連串的陰暗記憶。行動家在許多混合的和弦中不停喘氣，奮力奔馳著，來到慢板時終於獲得了最重大勝利。不貞的女人感覺到她所犯的過錯得到了赦免，或是得到了減輕，她所犯的過錯最初起源於一顆不滿足的心，即使是慣常的愉悅都無法使其平息，遂逐漸走入了歧路，她開始尋求神祕的解藥，包括現在的音樂，好像暮鼓晨鐘，讓她徹底悔悟了。至於音樂家，他在創作音樂的時候，不僅可以體會在技術上的創作之樂，甚至也可以體嘗情感上之至大愉悅，他甚至能夠完全沉浸在他在創作時眼睛所忽略的音樂之美當中。最後是我自己，我在音樂當中聽到了最廣闊和最具普遍性的有關生與死之美，還有天空與大海之美，當然也同時領會到你那獨特不群的至大魅力，喔，我親愛的至愛！

五

今天的似是而非很可能是明天的偏見，今天最根深柢固和最令人討厭的偏見總有其新穎之處，這和當下的流行有關，流行賦之以脆弱的恩典。今天有許多女人最喜歡發表各種偏見，並且從許多別的偏見那裡來形塑自己的準則，對她們而言，偏見就像是美麗的花朵，雖然有一點奇怪，專門用來裝飾在自己身上，在她們看來，事無大小，並無主要和次要之分，因此她們會把一切事物都放在同一水平之上去衡量，她們喜歡一本書或一種生活方式就像喜歡美好的一天或喜歡一個橘子那樣，她們用裁縫師的口吻在談藝術，一談到哲學就把哲學和巴黎的生活相提並論，她們會為不做分類不做判斷以及說這個好那個不好而覺不好意思。在從前，每當一個女人把事情做得很好時，那是因為她違背了她的道德良心，換句話說，她利用她的思想指引了她的自然本能。但是在今天，每當一個女人把事情做得很好時，她不用思想，而是用道德良心引導她的自然本能去把事情做好，換句話說，她放棄了非道德理論，（我們看看 M.M. Halévy 和 Meilhac 兩人的劇場就知道了）。如果全面放鬆社會和道德的緊密連繫，女人會從非道德理論轉向本能的自然反應，她們會變得只追求肉欲享樂，越是追求不到越是想要追求。如果從懷疑主義和藝術至上的角度來看這個現象，會像是一件過時的女人的華麗大衣一樣，不知如何處置。女人畢竟不可能成為時代精神的代言人，她們頂多像一隻遲鈍的鸚鵡跟在後面搖旗吶喊，當然，今天藝術至上的觀念可能取悅她們，如果我們要她們說點什麼或是要她們做點什麼，我們隨時可以提供給她們雖說過時卻仍然可用的觀念。她們會讓我們感到愉悅，會在當今文雅優美的文明當中，提供給我們存在所必需的溫和感覺。她們不時登上維納斯之島去尋求精神食糧，當然不是去治療她們遲鈍的精神，而是去豐富她們的心靈、眼睛、耳朵、鼻子等等的感受力，進而發揮她們縱欲享樂的要求。我猜測，我們這個時代的肖像畫家在畫她們時，既不會太過僵直或太過呆滯，她們會在解開的頭髮上面灑滿香水。

六

野心比榮耀更令人陶醉，欲望會繁盛，占有讓所有事物失去光澤，最好是去夢想生命而不要去經營，然而去經營生命也是在夢想生命，只不過缺少了神祕色彩和清晰的感覺。一個幽暗沉重的夢，就好像野獸所做的夢一樣，散漫無章，不知所云。莎士比亞的戲劇只有在工作坊演出才會覺得美，在劇場演出則否。詩人會寫出不朽的美麗愛情詩篇，可是他們在現實中所碰到的對象，常常都是一些小吃店裡的很平庸的女侍，那些超凡入聖的偉大愛情永遠不會發生在他們身上，他們在一生當中所遇到的愛情幾乎都是平凡無奇的，根本就不值得一提——我認識一個十歲的小男孩，體弱多病，思想卻很早熟，他向一位年紀比他大的小女孩求愛，他每天會站在窗口幾個小時，就只為了小女孩從他窗口經過時能夠看她一眼，只要一次落空，他就痛哭流涕，可是即使看到了，也一樣痛哭流涕，他幾乎沒接近過她，有的話也都極短暫。他不睡不吃不喝，有一天就從窗口跳了下去。起先大家都認為他是因為無法接近他的愛人，感到絕望而跳樓尋死。但也有另一種說法，他們說他跳樓前不久曾和小女孩有過一段刻骨銘心的談話，小女孩也對他很好，之後他會決定自殺乃是因為，他在體會這種陶醉狂喜的經驗之後，自知今後在綿延不斷的無趣乏味日子裡，再也不可能有此體驗，遂決定自我了結。我有另外一種看法，據聞這位小男孩生前有好幾次曾跟他一位好朋友透露，他說他每次見到這位夢中的維納斯之後，心中總會浮上一股失望感覺，可是小女孩離開之後，他的強烈想像力馬上又再度襲來，他很想再見到她。每次見面時他總是企圖在這種失望裡尋找出其中的緣由，在這最後的一次會面裡，他把他的幻象不斷升高，把對方提升到完美的地步，讓她完美的本質流露無遺，大大超越他的失望感覺，讓他深深體驗到不完美的絕對完美，那是他的生存和死亡的致命交會之處，他決定往窗口跳下。長久以來，他已忽略他的靈魂和思想的存在而變得頑冥不靈，小女孩的聲音也變得聽而不聞，視而不見，至於小女孩，無視於懇求和威脅以及對方的存在，以至於將他逼向死亡的境地——小女孩成了生命的化身，我們想著她並愛她，她活得好好的，我們像小男孩一樣，投入了愚蠢，但不是一下子之間，而是慢慢的一點一滴的投入，然後慢慢的退化，十年之後，我們忘了當初的夢想，甚至加以否定，我們像一隻牛一樣，只能望著眼前的牧草，一口一口地吃，直到大限來臨之時，才又再生不朽的的感覺。

七

「親愛的長官，」傳令兵說道：「幾天後這間小屋就可裝潢完畢，您就可以住進去，您現在退休了，可以在這裡住到永遠（他有心臟病，怕再活的日子也不多了），親愛的長官，也許需要一些書，今後再也不必打仗也不必做愛了，可能需要一點小娛樂，要我去幫您買點什麼嗎？」

「什麼都不必幫我買，書也不用，書裡頭所寫的東西都沒我做過的事情有趣，我現在唯一感興趣的莫過於我自己的回憶，把我大箱子的鑰匙拿來，從現在開始我要每天來讀我箱子裡邊的東西。」

他拿出一些信件，全都白色，有些還染著汙點，有些寫得很長，有些只有一行，寫在卡片上面。這些東西伴著褪了色的花朵，以及一些小飾物，還有一些他自己寫的字，用來記憶他收到這些東西時的狀況，此外還有幾張損壞的照片，雖然很小心維護，還是破損了，這是珍貴的紀念品，他常拿來親吻。所有這些東西都很久遠了，照片中的女人有些早就作古了，其他有些照片至少有十年沒拿出來看了。

在這裡頭有一些很珍貴很細膩性感的小玩意兒，對他在某個生命階段來講並不重要，可卻像一幅大的壁畫，說明著他整個的生命意義，其中充滿濃厚色彩，筆觸雖很模糊卻很特別，而且強勁有力。其中涉及到親吻——他毫不猶豫屈尊就教，他早就如此做了——他為此難過了很久，他現在雖然已經很鎮定而毫無紛擾，可是當他一口氣清理出這些活生生的記憶時，有點像被掏空的感覺，好比在陽光照射下的一杯燒酒，精華慢慢被蒸發掉，他微微感到一陣顫動，好比春天的疾病恢復期和冬天火爐的照耀一般。他那老邁軀體的情感還是一樣被燃燒了起來，再度喚起了生命的力道——在熊熊火焰中燃燒著。他隨即想到，這些都只是幻影而已，無法捕捉和掌握，等一下就會隨著黑夜消失於無形，一想到這個，他忍不住又難過了起來。

既然知道這一切都將化為無形的幻影，永遠再也不會回來，永遠再也看不到，他會特別珍惜此時此刻的這些幻象，比較等一下將化為烏有的一切，至少這個感覺還曾經存在過。這些親吻，這些吻過的頭髮，淚水和口水沾過以及手撫摸過的東西，像酒一樣令人陶醉，像音樂或夜晚的虛幻幸福那樣不可捉摸，他用力敲打，彷彿沒有其他任何東西比這更珍貴了，他用力敲打，直到他再也無法掌握而想離去，他把自己蜷縮著，為了再生和再出發，然後像釘蝴蝶一般把這些東西釘住，這可真不容易，他從未捕過以及釘過蝴蝶，更不知道如何處理蝴蝶那脆弱的翅膀，他只看過玻璃框內釘好的蝴蝶，卻無法去觸碰，只覺得牠們沒那麼迷人漂亮。他現在覺得他心靈的玻璃已經受到了沾汙，再也無法洗滌乾淨，年輕時代的純淨光芒和才情早已離他遠去——這是基於我們季節的什麼法則，秋分的二分點？

有時他會覺得遺失這些，他並不會覺得遺憾，這些親吻，這些無止盡的時刻，還有香水所傳達的幻覺。

他會為不覺得遺憾而覺得遺憾，然後這些遺憾都一起消失了，他也並不覺得因此有損他回顧這些所帶來的樂趣，許久以來，這些東西早就不知不覺逃掉了，手上拿著鑲有花朵的小樹枝，毅然決然離開這個對他們而言已經不再年輕的地方。不久之後，他跟所有人一樣，死了。

八、珍貴的紀念品

我會購買那些會成為我朋友的一切東西，即使它們連一句話都不肯跟我說。我有一副小紙牌，每晚的紙牌遊戲都會帶來很大的樂趣，我同時還擁有兩隻南美洲猴子，三本小說，還有一隻母狗。喔，你擁有閒暇卻不會利用，親愛的生命中的閒暇，你不能像我那樣享受閒暇，你甚至也不願意利用你那不可侵犯的最私密的自由時間，你不能感受到你的幸福，因為你從未享受到你的閒暇。

她每晚和一些好朋友玩牌戲，她不會感到乏味無聊，她起先是和其中一個有曖昧關係，然後就和對方的朋友認識並開始了每晚的牌戲。她躺在床上隨意翻閱小說，依她的想像和疲勞程度而隨意翻閱，也依她當時的心情之變化來決定要挑選哪一本，看是否能夠順利把她送入美麗的睡鄉，你有否在她身上看出什麼？不要跟我說什麼都沒看到。

小說，她期盼在那裡頭看到別人和詩人的生活，玩牌，她可以感受到情緒的鬆懈，有時還能激發熱烈的感情，你有沒有從她那裡獲得什麼思想，或是從她敞開的心靈獲得什麼慰藉？

她手上經常拿著一本小說，有時長時間置放在桌上，小說裡頭的人物，貴婦、國王和僕從反覆在她面前出現。小說的男主角，還有女主角，你幻想著她坐在床旁，火爐的火光和燈光交叉照射著，照射著你靜靜的夢幻，房間和她袍子的香味四處散播著，你想像著觸碰她的手和膝蓋，你整個人已渾然忘我了。

你保留她那愉悅又神經質的手在書上所留下的摺痕，還有她的淚痕，由於受書中情節所感動或是想起自己的悲哀經歷所掉下的淚水，你都一一保留下來，也許那是一個好天氣的日子，她那愉悅的眼神，都使得你引發這種熱烈的情緒。我輕輕觸摸著你，渴望你的告白，也擔心你的沉默。唉呀，像你這麼有魅力的人，她竟然無動於衷，她沒感受出來你帶給她的恩典。倒是她的美貌引起了我的欲望，她繼續過她的生活，孤單一個人，我夢見了她。

九、月光奏鳴曲

一

舟車勞頓帶來無比的疲勞，記憶以及父親的苛求所帶來的憂慮，琵雅的冷漠，還有敵人的打擊，都帶給我無比的疲憊。在這一天當中，雅桑妲的陪伴，她的歌聲，她前所未有的溫柔，她那自然的美貌，她那隨著海風飄揚的香水味道，她帽子上的羽毛，脖子上的珠寶項鍊，都讓我感到非常舒暢。可是到了晚上九點鐘的時候，我感到無比疲憊，就要求她自己驅車回去，我留在原地自己找地方睡覺，我們已差不多快抵達昂弗勒，我在牆邊找到一處很理想的地方，就在兩條林蔭大道的入口，兩旁的大樹可以擋風，空氣也很清新。她同意了我的提議就自行離去，我躺在一塊草皮上，面向陰暗的天空，在黑暗中我可以聽到背後海上傳來的海浪聲音，不久我累極而忍不住睡著了。

我夢見沙灘上和遠方海上太陽正徐徐西下，黃昏降臨，我感覺這個太陽西下和黃昏的降臨和別地方沒什麼兩樣。這時有人走過來拿給我一封信，我想讀信卻看不清楚，我才發現雖然四處散布著夕陽的餘暉，其實四周圍卻非常陰暗。日落的光線很蒼白，灑落在沙灘上的光線也很不明朗，我必須很費力才能看清楚沙灘上的貝殼。我夢中的這個特別的日落時分，太陽好像罷工一般，也像生病一樣，完全失去了色澤。這時我的煩惱竟突然一掃而空，我父親的嚴苛要求，琵雅的冷漠，敵人的虎視眈眈，雖然尚未全然消除，卻已經不再有壓力了，好像變成只是必須去應付的例行公事那般，不必花心神去理會。夢中這種與現實相反的現象，這種猶如休戰的鬆懈感覺，並未帶給我不安或恐懼，只感到好像被包裹在一種舒服安適的環境裡，無憂無慮，直到醒過來。我打開眼睛，四周圍既明亮又蒼白，我感覺還身處夢境中，我睡覺時所依靠的旁邊那道牆，一片光亮明朗，旁邊長春藤的影子拉得很長，已經是下午四點鐘了。荷蘭白楊樹的樹葉被風吹動著而轉了方向，遠方海上可以看到滔滔海浪和白色帆布的帆船，天空一片晴朗，月亮已經升起，有時海上會飄過幾朵稀疏的淺藍色的雲朵，底層泛著深層白色，看起來好像被凍僵的水母，或是乳白石的石心。亮光四處照射，我的眼睛一時還睜不開。遠處的草叢在亮光照射下，與陰暗互相交融底下，遠遠看去好像一處海市蜃樓。林子一片黑色，突然傳來一聲令人驚惶的連綿不絕的聲響，聲音漸漸變大，好像從林子上方傳來，原來這是微風吹動林子樹葉所傳來的聲音。夜裡我不斷聽到洶湧的海浪聲音，現在這個聲音已經退去了，甚至再也聽不到了。就在我面前，一個狹窄草原一直往前延伸到兩旁種滿橡樹的兩條林蔭大道，狹長的草原看起來就像是一條明亮的河流，兩旁河岸則是一片陰暗。夜幕漸漸低垂，月光照射在守衛的屋子和已經靜止的樹葉和魚網上面，卻無法喚醒它們。在這睡眠的寂靜當中，在月光照射底下，感覺到處鬼影幢幢，可是白天時候一切都是那麼具體真實。現在看起來，房子沒有門，樹葉沒有樹幹，魚網沒有支架，一切看起來那麼不真實……好像身處一場怪夢之中，一片樹木在黑暗中睡著了。事實上，這些樹木從未這樣深沉睡著，在這大節日裡，月光輕輕帶走天空和海上的蒼白和溫柔。我的憂愁消失了，我聽到我父親對我輕聲細語說話，琵雅在和我開玩笑，敵人在策畫陰謀，但似乎和我無關，我現在唯一的現實就是這裡的超現實光芒，我微笑著在祈求，我不理解是什麼樣神祕的相似結合了我的痛苦和嚴肅的神祕，對著天空和海上，在這裡的樹林裡慶祝，他們大聲說出他們的解釋、安慰和寬恕，但這並不重要，因為我的聰明並不藏在祕密裡，我的心智非常清明，我以聖母之名稱呼此夜，我的憂愁熟識她在月亮上面的姊姊，月亮照射在已轉形了的夜之痛苦，在我內心深處，一切烏雲皆已消散，然後憂鬱升起。

II

我聽到了腳步聲，亞桑妲正往我這邊走過來，她那光溜溜的頭露在大衣上頭，她輕聲跟我說：「我擔心你受涼，我趁我哥哥睡著後跑過來找你。」我往她靠過去，我在發抖，她用大衣披在我身上，然後用手環繞我的脖子，我們距離樹林只有幾步遠，一切都沉浸在黑暗中，我們前面有東西在閃光，我們沒辦法後退，因為我們正靠著一棵樹幹，但我們腳下沒有障礙，我們離開那裡，一起走在月光底下，我們的頭互相靠著，她在微笑，我卻哭了起來，我注意到她也哭了，月亮也哭了，月亮的憂愁和我們的憂愁連結在一起了，她的強烈光芒照射進了我們的心扉，她和我們一樣，不知道為什麼而哭，在無可抗拒的絕望之下，她慢慢把她的亮光轉移到林子裡、田野上、天空，最後又再度停留在海上，我的心終於真正和她的心連結在一起了。

十、逝去愛情的眼淚

小說家們或是他們的男主角又回到已經逝去的愛情，對讀者而言會覺得感動，可是很不幸卻很矯揉造作。過去我們寫過很多，如今則極少看到，其中牽扯許多實質的有趣細節——比如在談話裡無意中提及一個名字，在抽屜裡發現到以前的一封信，甚至當事人無意間偶然相遇，或是事後偶然發現對方曾經擁有過的東西等等，不一而足——在一本小說作品裡頭，這些都可能引起我們心靈的顫動，刺激我們脆弱的神經，甚至挑起我們的淚腺，但這些都和我們真正的現實生活有距離。在我們所生活的當下，對過去的事情不是冷漠就是遺忘，我們過去的所愛或愛情經驗對現在的我們而言，至多只有美學上的意義，至於當初的愛和煩惱，或甚至受苦等等，如今都已不再具有意義。這種現象所引起的激烈憂鬱只是一種道德上的現實，帶有心理學上的作用，不會永久持續，一個作家如果把這種現象寫在開頭而不是結尾，情況似乎會更好一些。

事實上，當我們開始去愛的時候，可能由於經驗或是清醒頭腦的作用，我們會有所警惕——但我們的心靈並不理會這些，而且還會堅持慣有的幻覺，直覺認為這會是一個永恆之愛——但不久之後，和先前一樣，我們開始對這個愛變得冷漠無感，和對以前的愛沒有兩樣……我們聽到她的名字不會引起什麼痛苦，我們看到她的字跡不會顫動，我們在路上碰到她時不會改道而行，我們再碰到她時不會感到不自在，我們再也不會在她身上產生任何遐想。我們會為先前可笑的想法感到訝異，我們以為我們會永遠愛她，如今事實迫使我們認清真相，我們直想掉淚。愛，愛有一天會再度出現在我們跟前，在某個神祕而淒涼的早晨，愛又會翩然降臨在我們身上，以其龐然而深邃的地平線一般一路籠罩過來，帶著迷人的劫掠姿態……。

十一、友情

每當我們有憂愁煩惱時，如能往溫暖床上一躺，將會是多麼舒服的一件事情。盡量把全身放鬆，甚至把頭埋在被子裡，什麼都不想，輕輕發出哀鳴，好像秋天風中的樹枝。但這裡有另一張更好的床，充滿神聖氣息，那就是我們那溫馨、深刻以及無法取代的友情。每當我我覺得憂傷或冰冷時，我就把我一顆無助的心靈躺入那裡。我也會把我的思想埋藏在那溫暖的聖地，不必理會外面的一切，也不必自我武裝，然後不久像奇蹟一般我又強壯了起來，所向無敵，我為曾經有過的痛苦而哭泣，卻更為曾經有過埋葬我痛苦的可靠場所而覺得喜悅。

十二、憂傷之短暫作用

我們對那些帶給我們幸福的人總是心存感激，他們像花園裡的園丁，使我們能夠開花結果。但我們會更感激那些帶給我們憂愁的惡劣或冷漠女性，以及那些殘酷的朋友，他們踐踏我們的心靈，至今仍遺留許多殘骸，他們像一場風暴的劫掠一般，挖走樹幹並折斷樹枝。然而，他們這樣做卻為我們未來不確定的收穫埋下優良的種子。

我們打碎隱藏大災難的小確幸，敞開我們的心扉，他們使得我們有機會好好思索和判斷，那些碎片似乎對我們有用，雖得不到饜足，卻聊以充飢：這些麵包都是苦澀的。在快樂的生活裡，在現實中真正的面貌並非永遠不變，利益會使其蒙蔽，欲望會使其變形。透過生命的受苦和苦澀的美學情感的接觸，比如劇場，我們看到他人和我們的命運結合在一起，感受到命運的殘酷不公，戲劇藝術家為我們說出了人生的真相，說出了人受苦的本質，我們從中得到了共鳴。

比德行更加持久，比如昨晚發生的悲劇，對我們造成多麼重大的影響，我們必須認真以對，可是一到了今天早上，我們就差不多全都忘記了。我們會在一年之內忘記一個女人對我們的背叛，或是一個朋友的死亡。在這些似夢的碎片裡，在這被幸福掩蓋的假相裡，一陣風吹過來，在這淚水的波浪裡，埋下優良的種子，很快抹乾淚水，讓這些種子慢慢萌芽。

十三、對壞音樂的禮讚

你可以討厭壞音樂，卻不能輕視它。人們演奏壞音樂，並且賣力唱出，全心全力投入情感，豐富我們的夢幻，甚至讓我們流淚，你不得不肅然起敬，它在藝術上可能一無可取，在社會的感傷史上卻會占有一席之地。對壞音樂的尊重，我不說熱愛，可以說是好品味對它的施捨或是懷疑主義的一種形式，同時也是對音樂所扮演的的重要社會角色的正面心態之展現。有多少的旋律，在藝術家眼中一文不值，都是由許多浪漫熱情的年輕人和戀愛中人所肯定並加以選出，比如〈金戒指〉或〈喔，長眠吧！〉，這些歌譜每天晚上經由許多名家的手不斷加以翻閱，而這些手還可能沾滿許多美麗眼睛所流出的眼淚，他們是最憂鬱和最色欲的一群——這可能是一些對這類音樂最忠實和最熱情的女擁護者，她們讓憂愁變得高貴，並不斷歌頌夢幻，大家互相交換最炙熱的祕密，她們沉醉在虛幻的美之中。一般人們、中產階級、軍人、貴族等等，他們都有相同的悲哀和快樂的經紀人，他們也都有相同而不為人所知的愛的信使，以及相同的愛的告白。這是一群不入流的音樂家，像這樣的爛調，我們拒絕聆賞，卻能得到許多人的喜愛，玩弄許多人的感情，成為他們最有力的靈感，鋼琴架上隨時彈奏出最撫慰人心的音樂，最受歡迎且是最夢幻的恩典。像這樣的靡靡之音，像這樣的「主題再現」，不斷灌輸給戀愛中人或是夢幻者一種天堂般的和諧幻象，以及愛的聲音。一本爛調連篇的樂譜，差不多已經翻爛了，隨時可以帶給我們對墳場或鄉村的豐富想像。房子蓋得沒格調，墓碑底下的墳墓不見了，或是品味不好，這沒什麼大不了。我們不能期待這類音樂會自行消失，我們不妨暫時閉上我們在美學上的鄙夷聲音，讓許多人有個抒發情緒的出口，站在夢幻的門口去感受另外一個世界，在那裡享受或是哭泣。

十四、湖濱相遇

昨天，在去布龍森林赴晚宴之前，我接到了一封她的來信，這是八天前我寫給她一封絕望的信之後的回信，信裡的語氣很冷淡，還說在她離開之前恐怕無法跟我說再見。我的反應也很冷淡，是的，我立刻回信說這樣最好，並預祝她會有一個美麗愉快的夏天。然後我換上衣服，隨手叫了一輛馬車，一路穿過布龍森林。我感到很憂傷，但很冷靜，我決定忘掉這一切，我的結論是：這是一場短命的情事。

馬車沿著湖邊小徑走著，我看到環繞湖畔的小路底端，和我距離大約有五十公尺之處，有一個女人正獨自慢慢走著。起先我看不清楚她長什麼樣子，接著她和我揮手致意，雖然隔著點距離，我把她看清楚了，竟然是她！我在驚訝之餘也和她揮手致意，她一直瞪著我看，好像要我的馬車停下來，讓她上來和我一起坐。剎那間，我竟不知所措，突然一股強烈情感來襲，緊緊把我束縛住，只得讓馬車繼續走下去。「我剛剛有猜到是她，我心裡暗叫道，我大可不必理會她，她過去對我那麼冷淡，不過她現在看起來似乎還是愛我的，喔，親愛的！」一股幸福和篤定的感覺一擁而入，我忍不住流下了眼淚。馬車已經快到阿蒙隆維爾，我擦乾眼淚，眼前又浮起剛才那幅景象，她溫柔地和我揮手致意，並示意要上來和我一起坐。

我神采奕奕來到晚宴場所，我把我的幸福感覺以感激和親切方式傳達給每一個人，他們無法想像那隻和我打招呼致意的小手，所帶給我的幸福感覺是什麼樣子，他們只能看到我表面快樂的樣子，卻永遠猜不透我內在的色欲的祕密。這時只剩T夫人還沒到，大家不打算等她，但就在此時她還是到了。我認識這位夫人，是個微不足道的女人，很會打扮化妝，卻永遠那麼難看。不過我現在實在是太快樂了，一切過錯和醜陋都可以原諒了，我微笑著向她走過去，一副虛偽敷衍的樣子。

「您剛才好像不是很友善的樣子，」她說道。

「剛才？」我很驚訝叫道：「可是我剛才並沒碰到您啊！」

「怎麼，您不認得我啦？當然我們的距離有點遠，我正沿著湖邊走著，您當時坐在馬車上，一副驕傲得意樣子，我跟您揮手致意，還希望能搭您的便車，以免晚宴遲到。」

「什麼，那是您！」我失聲大叫，然後不斷跟她道歉：「真是抱歉，真是失禮！」

「他今天看起來好像不太高興樣子，歡迎光臨，夏綠蒂，」女主人這時走過來說道：「真高興你們現在互相認識了。」

我感到很沮喪，我的幸福全毀了。

真好！真有意思！事實的真相竟然是如此，這令我感到異常難過。原來她從頭到尾根本是不愛我的，即使在我犯了這次的錯誤之後，她依然無動於衷，我曾企圖要求和她和解，因為我錯誤以為她也有這個意願，結果不是，我無法忘記她，我感到很痛苦。我閉上眼睛，努力回想她舉起她的小手和我揮手致意那一幕，那是一隻有可能會為我拭淚和在額頭擦汗的小手。她在湖邊伸出那隻戴著手套的小手，竟是一個脆弱的和平和愛以及妥協的象徵，她那憂鬱和疑惑的眼神似乎在乞求我去將她的手緊緊握住。

十五

一片血紅色的天空吸引住了行人的注意：那裡正在發生一場大火。每次大火之後總會引發許多熱烈的反省和檢討，火焰像燒著鏡子一般，反射出許多問題。一些冷漠和性情開朗的人，他們會睜大陰鬱的眼睛，帶著些許的憂愁，憂愁就像一支過濾器一般，延伸到他們的靈魂和眼睛之間，像是承受著「過去」，把活生生的全部內容都置放在眼睛的靈魂之中。從此以後，他們被自私心燃燒著——這樣炙熱的自私心也曾經感染著那些與大火無關的人——他們乾枯的靈魂像是王宮中的密謀場所，但他們的眼睛還是不停燃燒著愛，微弱的露水開始澆灑，泛出光澤，最後竟氾濫了，無法制止，驚動了他們悲劇性光芒的世界。這兩個光體從此各自為政，一樣運載著滿滿的愛，從不冷卻，至死方休，他們繼續拋射出獨特的光芒，像騙人的假先知，繼續宣揚他們內心早已不存在的愛。

十六、陌生人

多明尼克坐在客廳火爐旁邊等著客人的到來，每個晚上他都會邀請一位貴族大公和一些有智之士來家裡晚餐，因為他出身高貴又多金，本身也極有魅力，大家也都樂意來參加他的晚宴，主要是為了來陪他，他害怕孤獨。火爐裡的火尚未點著，白日的餘暉漸漸在客廳裡消逝，突然他聽到從遠處傳來一聲親切的叫聲，叫著他的名字：「多明尼克！」接著又傳來一次，既遠又近：「多明尼克！」他感到害怕，全身發冷，他從未聽到過這樣的聲音，可是他認得這個聲音，這是以前一位被殺死的貴族的聲音。他仔細回想自己以前有沒犯過什麼罪過，他完全記不得。可是聽這聲音的口氣好像在責備他所曾經犯下的罪過而他自己不知道——這引起了他的憂傷和恐懼——他抬起眼睛，看到一個陌生人站在他面前，顯得很嚴肅又很親切，樣貌很模糊，卻很明顯是一個人的樣子。多明尼克很有禮貌和他打招呼，並且故作鎮定。

「多明尼克，我是不是唯一一個你沒邀請來晚餐的人？你和我之間有一筆舊帳要算，以前的一筆帳。我現在要教你一件事情，那就是你以後老了不需要有人來陪伴，沒有人會來陪你的。」

「我邀你今晚來晚餐。」多明尼克用很嚴肅熱情的口吻回答他，他自己都感到意外。

「謝謝，」陌生人回答道。

陌生人手指上所戴的戒指，並未鑲有任何寶石，而且講話時並不是中氣很足，然而他眼睛所流露的那種友愛眼神卻讓多明尼克感到很幸福篤定。

「如果你想要我留下來陪你，你得首先把其他客人打發走。」

多明尼克這時聽到有人在敲門的聲音，火爐裡的火一直尚未點著，天色已經完全暗了下來。

「我不能把他們打發走，」多明尼克回答道：「我無法獨處。」

「事實上，我留在這裡，你等於也是獨處，」陌生人悠悠地說：「不管怎樣，你還是得把我留下來，你曾經犯到我，你現在必須補償我。我比其他那些人更愛你，我要教你不必需要他們，以後你老了，他們不會再來找你的」。

「我不能沒有他們。」多明尼克說道。

他覺得剛剛為了一個專制而粗鄙習慣的要求而犧牲了一樁高貴的幸福，而這個習慣的要求所帶來的樂趣絕對比不上陌生人的簡單要求。

「趕快下決定！」陌生人帶著哀求而堅定的語氣說道。

多明尼克走向大門為客人開門，同時要求陌生人不要轉頭過來：

「你到底是誰？」

然後陌生人就消失不見了，臨走前他說道：

「你今晚把我犧牲給了習慣，明晚你會更加堅持，你為我所造成的傷口會越來越大，你繼續堅持下去，你就會離我越來越遠，也更加深我的痛苦，最後你就會把我給殺了，你就永遠再也見不到我了。你需要我比需要他們多很多，下次不知什麼時候你就會被他們所拋棄了。我就在你身體裡面，要不就在離你不遠的附近，但現在卻離你遠去了，我就是你的靈魂，是你自己本尊。」

客人陸續進來，大家走向餐桌，坐下來開始用餐，多明尼克本來要跟大家述說剛才遇到陌生人的事情，但卻突然感到厭煩和疲憊，同時吉洛拉莫適時打斷他的企圖，大家高興，多明尼克自己也高興，吉洛拉莫這時下結論說：

「永遠不要獨處，孤獨會引發憂鬱。」

大家開始飲酒，多明尼克很高興和大家聊談，可是感覺沒什麼樂趣，儘管大家都說今晚的聚餐很愉快很成功。

十七、夢

你的眼淚為我而流，我的嘴唇將飲盡你的淚水。

——阿那托・法朗士

我很輕易就回想起星期六那天（四天前），我在多洛西・B夫人身上發表了些什麼意見……很偶然正巧就在那天大家談到她，我就很實在講說，我覺得她毫無魅力，而且不聰明。我看她大概二十二或二十三歲左右，其實我認識她並不深，每次想到她，總想不起她身上有什麼吸引人的地方，我會知道她還是基於文學上的互動關係。

星期六那天晚上我睡得很早，半夜兩點時吹起強風，我必須起來關窗，我就是這樣被弄醒的。在剛剛那段短暫的睡眠當中，沒有夢，沒有紛擾，就是神清氣爽，感覺蠻好的。再度回床上睡覺，很快就又睡著了，卻斷斷續續被夢所干擾，不斷醒來。我做了很奇怪的夢，很真實的夢，好像就發生在現實世界之中，我夢見杜魯維爾在大罷工，我躺在一個不知名花園中的一個吊床上，一個女人用很溫柔的目光拿著我看，那是多洛西・B夫人……我訝異的感覺並不亞於那天上午清醒時第一次和她見面的感覺，因為我這時所看到的多洛西・B夫人顯得既漂亮又聰明。我們款款深情地互相對望了很久，我內心感到無比的幸福，我對她流露出無限的感激，可這時她卻說：

「你那麼感激我，真是瘋了，你先前不是已經對我流露過相同的感激了嗎？」

此一感激之情的表現（已經非常肯定），更加深了我和她之間感情的緊密連結，也讓我心曠神怡到快要胡言亂語的地步，她微笑著伸出一根手指頭對我做了一個非常神祕的動作，我覺得似乎在說：「你所有的敵人，所有不好的事情，所有的弱點，統統消失了？」我沉默不語，好像默認她已在我身上輕易取得了勝利，驅走了所有不幸並吸走我所有的痛苦。她走到我身旁，伸手撫摸我的脖子，同時輕輕觸碰我的小鬍子，然後對著我說：「咱們現在一起走入人群，開始正式生活。」我感到一陣狂喜，身上湧出一股想實現這個潛在幸福的力量。她從她胸口之間拿下一朵尚未開苞的黃色玫瑰插在我外衣的扣子上，突然之間，一陣新的帶有色情意味的狂喜又再度來襲。這朵黃色玫瑰花的愛之香味不斷往我的鼻子撲來，我在心曠神怡之餘，突然感覺到她對我的陶醉狀況有著一股奇怪的情緒反應，特別是她的眼睛（神祕而不可理喻，那是她個人的最大特點），輕輕顫動著，像是要掉下眼淚的前奏，可這時我的眼睛早已淚水汪汪。她的頭觸碰著我的臉頰，我沉醉在這神祕而生動的陶醉裡，她伸出舌頭舔著我臉頰上和眼睛周圍的淚水，然後發出一聲咕嚕的聲響，像是一記無以名狀的輕吻，她吞下了我的淚水，這使得我當下感動莫名。這時我突然醒了過來，外面正雷雨大作，雷電交加，我感覺還猶如身處夢中，等看清楚了房間四周圍的環境，才知道剛才是一場虛幻的美夢，竟然真實得令人無法置信。這時，即使現實的事實仍擺在那裡，她的真實樣子不會改變，多洛西．B夫人現在在我腦中的印象已不再是前一天那樣的不堪，她先前在我記憶中所留下的小小粗鄙印象，現在已經一掃而空，好比一場巨大潮水過後，所留下的不知名痕跡那樣微末而不足道。我直覺產生一股欲望想見她或寫信給她，在一些談話場合，一聽到有人提到她的名字，我的內心就顫動一下，事實上在今晚之前，這個名字所代表的意象是微不足道的，跟世上最平庸的女人沒有兩樣，根本引不起我的注意，可是她現在比起那些最漂亮迷人的女人對我的吸引力，卻要大上許多。我並沒有真正去見她，我將把我的生命獻給另外一個「她」。我在夢中的印象慢慢在消逝，越來越淡薄，好比我們在桌上放著一本書要讀時，白日將近，光線慢慢消逝，夜晚降臨了，我們不想讀了。為了在想像中重新溫習夢中景象，我必須先停止一會兒，好比在讀書時，為了釐清書中角色的複雜關係，我們必須先閉一閉眼睛想一想。現在即使印象已消逝得差不多，但她所激起的漣漪，她身上所散發的性感香水，仍然隱約在我身上作祟。我會有機會再見到她……卻不帶任何感情，我絕不會跟她提及我在夢中夢見過她，她會覺得莫名其妙。

哎呀！我的愛和我的夢一樣，帶著一股神祕的變形力量，一起消失得無影無蹤。要是你認識我所愛的對象，我未曾夢見過她，你不會了解為什麼，你也不要問我為什麼。

十八、記憶裡的浮世繪

在我們的記憶裡，我們保有一些小紀念品，荷蘭的一些繪畫，浮世繪或是一些人物畫，這些畫所呈現的內容都很簡單，都是最平凡最簡單的日常生活活動的產物，沒有特別嚴肅的事件，或根本什麼事件都沒有，在一個既無修飾亦無任何講究的畫框內展現出來，裡頭的人物或場景都很自然淳樸，卻能夠閃現溫和的光芒，讓我們在觀賞時，感覺沐浴在美感當中。

在我的生活範圍當中就充滿類似這樣平凡的東西，我很自然生活其中，既無大喜亦無大悲，一切平平淡淡，感覺起來非常愉悅滿足。美麗宜人的田野景觀，鄉下老農的樸實無華，他們的體魄很健壯結實，精神奕奕，心靈自然淳樸，我以前碰到的許多從鄉下來的年輕人都具有這些特質，以後也陸續碰到過許多。在那樣平靜無擾以及與世無爭的環境裡，一切按照自然的支配方式，心靈無拘無束，所帶來的生活樂趣是無窮的，樂趣越多，我們就更加嚮往。過去那段生活的經驗對我今天的生活可說助益良多，讓我回味無窮，如今看到這些浮世繪所展現的那種快樂和充滿魅力的景觀，印記著時間的痕跡，也充滿著詩意。

十九、吹向鄉間的海風

我將帶給你一棵有著紫紅色花瓣的罌粟。

——Théocrite, Le Cyclope

海風吹過鄉間，來到小林子裡的一座花園，在陽光下灑落它那稀疏的香味，撼動著林子裡的樹枝，直到整個消散在閃閃發亮的矮樹叢之中，微微抖顫著。樹木，披在繩上的曬乾的衣物，張開尾巴的孔雀，都在地上形成陰影，對抗著吹拂而來的陣風，好像放歪了的風箏。在這風和陽光互相交雜的香檳地區的一角，看起來很像一般海邊特有的景觀，我們爬坡來到道路的最頂端，在那裡風和陽光互相肆虐著，陽光普照，萬里晴空，這景觀看起來不很像海上碧海連天和海浪滔天的海邊景觀嗎？你每天早上都來這裡，手上捧著花朵和柔軟的羽毛，一隻野鴿，一隻燕子，或是一隻松鴉，在你頭上飛來飛去，可能突然就掉在小徑上。我帽子上的羽毛被風吹得動個不停，插在我外套扣子上的罌粟掉葉掉個不停，我們只好趕緊回去。

屋子在海風吹拂之下，一直呼叫著，好像一隻小船，我們好像聽到外面看不見的帆布張開，也聽到看不見的旗子咯咯作響。在你的膝蓋上捧著一束新鮮玫瑰花，讓我的心在你緊握的雙手之間哭泣。

二十、珍珠

我在早上的時候回來，在寒冷中上床睡覺，冰冷和鬱悶使得我暈眩而抖個不停。剛才在你房間裡，你和你那些昨晚留下來的朋友，在討論著隔天的計畫——那麼多敵人，那麼多陰謀，都是衝著我而來——你當下此時此刻的想法——那麼的遙不可及——距離把我和你分開。現在我們隔得很遠，我們的處境很不理想，好像永遠再也不能見面，但一個吻就能化解這一切，讓我能更清楚看著你的臉，也更加深我對你的愛的欲望。該離開了，哀傷和冰冷讓我遠離你！可是突然之間，不知是什麼魔力的影響，我們過去所熟悉的幸福夢想又重新開始出現了，像一股熊熊燃燒的烈火，又在我的腦中重新喚醒了起來。藏在被子裡的手溫熱之後竟傳來一股玫瑰香味，我想起來，那是香菸的香味，你曾經為我點火的香菸的味道，我忍不住把手放到嘴上去好好聞那香味，我陷入了炙熱的回憶當中，我深深回想著那溫柔和那幸福，還有「你」！啊！我的小可愛，就在你不在我身旁的時候，我沐浴在對你的回憶當中——這時瀰漫了整個房間——我不必看到你或摸到你，我不得不說，我要一再強調，我不能沒有你。只要有你，我就全身發光發熱，就像你身上的珍珠，陪著你度過晚上，閃閃發亮。我像那珍珠，活在你的炙熱當中，你一旦拋棄了我，我就唯有去死一途。

二十一、遺忘之岸

「人們說死亡會美化那些他們身上的美德會讓它訝異的人，但一般來講，應該是那些生命受到錯誤對待的人。死亡是公正而無可詬病的見證人，根據現實和慈悲的原則，它告訴我們，每個人身上的善要多於惡。」這是大歷史學家米西列所說的有關死亡的事實，如果死亡是奠立在不快樂的大愛上面，他的說法就是正確的。生存在帶給我們那麼多受苦受難之後，對我們已經不再有什麼意義了，是否應該如一般的說法那樣，請「帶給我們死亡」。我們為死者流淚，我們還很愛他們，我們會懷念他們生前的許多好處，我們會常去他們的墳前祭拜。反之，如果生命在帶給我們各式各樣的磨難之後，一直揮之不去，不管是痛苦或喜悅，一直深植於我們身上，那麼對我們而言，死亡的意義就不是那麼單純。在追逐世上的榮華富貴，並加以詛咒和藐視之後，由於我們長期花費心力在這上面，已經筋疲力竭，再也無法正確判斷這些東西是否值得，即使在記憶裡這些東西還是那麼美好。然而，這些判定並非永久不變，有時會折磨我們心靈的清明，有時令我們目盲而無法洞悉其中的殘酷性質，有時則讓我們大徹大悟而要加以終結，就是為了要結束那背後的搖擺不定。然而當我們站在一個高度在看這個現象時，我們會覺得其中的價值是不變的，因為我們會忽略死亡的存在，而認為那就是永恆的生命本身。我們了解，這之間只有友誼而不是愛，記憶不會美化，而愛只會帶來扭曲。對那些什麼都要的人，野心勃勃，而且還真能達成願望，最後得到的可能會是一種荒謬的殘酷。現在我們了解到，這是死亡的寬容特質，我們在生活上，不管是遇上絕望或是反諷，或是持續不斷的專制，它都不會讓我們陷入挫折，它永遠是溫和的。對我們而言，今天有許多話語似乎顯得很公正而且吸引人，說我們從未了解它，乃是因為它從來不愛我們。剛好相反，我們老是用不公正的自私主義和嚴酷的態度去談論它，我們難道不是虧欠它很多嗎？如果這個偉大的愛之潮汐永遠不退卻，我們散步來到海灘撿拾奇怪而美麗的貝殼，把貝殼放到耳朵旁邊，以憂鬱的愉悅去傾聽，我們再也不會聽到過去所遭遇過的苦難所發出的聲音。我們開始帶著憐憫之心去想它，即使過去有過什麼樣的不幸，我們從未好好去愛過它，現在要來好好補償，對我們而言，它不再是「比死亡更多」，我們會以熱情的態度去好好回想它。公正的做法是，我們要記得我們曾經擁有過它，透過公正的美德，讓它重新有力地活躍在我們心裡，我們要好好冷靜回報它，眼裡含著眼淚。

二十二、聖體存在論

在英嘉丁的一個被遺忘的小村子裡我們互相親愛，先說別的，有兩件小事值得一提：在這裡我們已感受不到普法戰爭所留下的遺緒，此外，四周圍有三個不為人所知的綠意盎然的小湖，湖的四周種滿冷杉樹，冰川和山峰布滿整個地平線。晚上的時候，整個地平面變化多端，柔和的亮光此起彼落。我們忘得了席勒斯—瑪莉亞的湖邊，下午六點黃昏時分的散步道上？一片黑色落葉松，顯得很肅穆莊嚴，光亮照人，和湖邊閃閃發亮的積雪比鄰連結，延續至湖中的淺藍湖水，互相輝映成趣，形成極美麗壯觀景色。有一天晚上，我們抓到一個湊巧時辰，太陽逐漸西沉，落日餘暉輕輕拂過湖上水面，反射出許多不同色調的光澤，觀來真是心曠神怡。突然我們看到一隻粉紅色小蝴蝶，接著是兩隻，三隻，五隻，好幾隻從湖岸花叢裡飛向湖面，不久形成為像是一團粉紅色粉末狀的東西，牠們飛向另一岸邊的花朵上，然後又飛回來，牠們就這樣兩邊飛來飛去，有時甚至還不約而同停在湖上方，看去像是處矗立在湖上一枝快要凋謝的大花朵，這景觀實在太神奇了，看得我們感動到直想掉下眼淚。這些小蝴蝶在湖上飛過來又飛過去，等於同時在我們的靈魂上面來來去去——讓我們的靈魂在面對這些美景時，不停顫動著——好像琴弓那樣性感地來回拉動。牠們輕輕飛翔著，從來不會觸碰到水面，卻感覺在撫摸著我們的眼睛和心扉，我們專注地看著牠們不停擺動牠們的粉紅色小翅膀。每當我們看到牠們從對岸飛回來時，很明顯看得出來牠們是在嬉戲，好像在水上漫步，整個景觀顯得很和諧寧祥，牠們會迂迴著慢慢飛行，動作一致，形成一種和諧的韻律感，非常地撩人心弦。看著牠們靜靜地飛來飛去，我們的心靈忍不住跟著譜出自由悅耳的旋律，和四周圍的環境，湖、湖邊的林子、天空以及我們的生命，緊緊結合在一起，顯露出一種充滿魔力的和諧，讓我們感動得直想掉淚。

在今年裡我從沒和你說過話，也未和你見過面，但我們在英嘉丁卻互相親愛著！我從未和你好好相處，但也從未把你留在家裡。你總是陪我一起散步，在餐桌上一起吃飯，在床上一起睡覺，一起作夢。有那麼一天——有否可能出現一種突如其來的直覺，神祕的信使，不提醒你過去充滿稚氣的生活，而是要你帶給我「聖體存在」的感覺？——有那麼一天（我們從未真正見過義大利），有人莫名其妙對我們提到阿爾格倫這個地名：「從那裡可以看到義大利。」我們就出發前往阿爾格倫，我們想像在那裡，站在山峰的頂端，義大利將出現在我們眼前，我們隨著山巒的伸展一路望過去，來到一片藍色的山谷，那裡蘊藏著我們的夢想。我們一路走著，來到了邊界地區，事實上邊界兩邊的土地都是一樣的，我們覺得有點失望，可是繼而一想，我們會這樣想，實在有點好笑。

我們來到山巒的頂端，我們感到有點頭暈目眩，望著眼前的一切，我們終於實現了我們稚氣的想像。我們旁邊是一片閃閃發亮的冰河，在我們腳底下有許多溪流潺潺而流，縱橫交錯，全都流向綠意盎然的原始的英嘉丁小村莊。我們來到一個神祕的丘陵，我們爬上一些小斜坡，上上下下之後，突然眼前出現一片藍色，還有一條通往義大利的亮晶晶的大道。這裡的名稱都和我們不一樣，但我們很快就適應了，甚至覺得無比美妙。

有人為我們指出波夏佛湖，維洛那的城牆，還有維歐拉的山谷。然後我們來到一個很原始很孤立的地方，乍看一片荒蕪，看不到進去的通道，我們不知道要往哪個方向走，也許正因為這樣，讓我們產生美好幻覺，竟愛上了這裡。我為你的物質主義傾向沒帶你來而內心裡感到非常遺憾，甚至大為懊悔。我往下走到一個還算是高的地方，許多旅客會聚在這裡欣賞風景，附近有一家孤零零的小客棧，裡頭擺著一本簿子給客人簽名，我在上面寫下我的姓名，然後在旁邊也寫下幾個字母的連結，暗示著是你的名字，我想藉此闡明把物質和精神擺在一起是有必要的。我在簿子上面簽下你的名字的涵義，我那被你壓抑的靈魂感覺到似乎鬆了一口氣，我很期待有一天能夠把你帶來這裡，看看我為你簽的名字，然後我們一起爬上高地，你可藉此報復我對你所流露的哀傷。我不會對你說出我的哀傷，你會了解的，或是你應該記得的，在往上走的時候你全身放鬆，只在我身上使出一點點重量，你要讓我知道你的狀況很好，你的雙唇還保留著那東方菸草的微微香味，讓我喚起了已經遺忘的過去。我們瘋狂大喊大叫天國的榮耀，連最遠的人都可以聽到我們的喊叫，地上的短草在高地微風的吹拂下，在那裡孤單地顫抖著。因為我們往上爬，你的腳步放得很慢，還一邊喘著氣，我把臉頰靠過去聽你的喘氣聲：我們都瘋了。我們來到一個白色的湖邊，旁邊有一個黑色的湖，好像一顆白色珍珠旁邊擺著一顆黑色珍珠。我們在這被遺忘的英嘉丁小村裡相親相愛！只有山裡的嚮導才能夠接近我們，這些嚮導的個子都很高，他們的眼睛會反映其他人的一切，除了眼睛之外，因此他們有另一個稱號，叫做「仲介」。我不再擔心你，還沒擁有就已覺得厭煩，柏拉圖式的愛情也有厭煩的時候，我再也不帶你來這種地方，你對這裡一無所知，但你對我忠心耿耿卻令我感動，你看我的眼神充滿魅力，那種魅力令我聯想這些德文和義大利文的奇怪名字：Sils-Maria、Silva Plana、Crestalta、Samaden、Celerina、Juliers、val de Viola。

二十三、內在太陽的西沉

和大自然一樣，人的聰明有其特別景緻。太陽的升起或是令人心靈顫動而想掉淚的月光，其魅力從來不會勝於我每天黃昏日落散步時所帶給我的憂鬱火光，不管是太陽的升起或是動人心扉的月光，這和太陽西下時在海上所泛起的亮光是有所差別的。我們在夜裡總是加快腳步，好像古代的騎士騎著駿馬帶著使命在飛奔一樣，我們帶著昂揚的信心和喜悅，投身於騷亂的思想，將之導向正確的方向，然後自由自在往前邁進。我們帶著極度熱情走過陰暗的鄉野，我們向夜裡的橡樹打招呼，像田野那麼嚴肅，像史詩那麼莊嚴雄壯，我們帶著陶醉心情一路挺進。我們的眼睛望向天空，沒有激情和狂熱，在雲縫中我們還可以瞥見正在沉睡的太陽，以及我們的思想的神祕反射：我們一步步陷入鄉野之中，狗在後面跟著，我們騎在馬上，有朋友自殺，我們盡量群聚在一起以避免這種事情的發生。花朵插在我們的扣子孔上，我們狂熱的手揮動著棍子，我們用注視和眼淚迎接我們夢幻裡的那些人。

二十四、像月光一樣

夜晚降臨，我來到我的房間，感到很焦慮，我躺在無法看到天空的陰暗角落，躺在那裡也無法看到田野和在天空底下閃閃發亮的大海。當我打開房門時，我發現整個房間好像被夕陽照亮一般。從窗口望出去，我看到了房子和田野，還有天空和大海，感覺在夢中好像見過，「似曾相識」，但溫柔的月光卻又提醒我，我未曾見過這些，月光在它們的輪廓上面掠過，沒留下任何印象，可能就忘記了。我花了幾個小時的時間望著院子裡無聲的回憶，那些模糊、快樂又蒼白的事物，在白天的時候，不管帶給我快樂或痛苦，總是發出嗡嗡聲叫個不停。

愛情消逝了，我站在遺忘的門檻上感到很害怕，我所有過去的幸福或是已經痊癒的傷痛，都已經平息，卻還是模模糊糊圍繞在我身旁，既近又遠，像月光那樣投射在我身上，無聲無息。它們的靜默使我變得無動於衷，但它們的距離和飄忽不定的蒼白卻又挑起了我的憂傷和詩意，我不停注視著這內在月亮的光芒。

二十五、對愛情光芒的期待之批判

不到一個小時的時間，她就會在我們面前魅力盡失，如果我們的心胸夠寬大，有足夠的辨識能力，當我們把她遠遠拋卻在後，把她留在記憶的路途上時，也許多少還能感受一些她的魅力。我們往一個詩意的村莊進發，我們加緊腳步，帶著迫不及待的期望，拉著喘著氣的馬匹，我們越過一個丘陵之後，看到一片披著面紗的和諧，映入眼簾的是一些粗俗的街道，雜亂無章的房子，隱約埋沒在地平線上，瀰漫在一層漸漸消散的藍色霧氣之中，這樣的和諧並未能說明什麼。我們就像煉金術士一樣，他老是把他每一次的失敗歸諸於一些不同的意外因素，他就是不願意承認他的技術和材料有問題，我們會抱怨環境的惡劣，處境不如預期，女主人態度不佳，我們的健康沒照顧好，天氣惡劣，路上投宿的旅館不夠舒適，這些都破壞了我們預期的期待，當然有人樂於出來消除這些破壞性的因素，但不管怎麼樣，我們還是一心一意要去實現我們的夢想，甚至還賭氣擺出一副非實現不可的姿態，也就是說，實現夢幻的未來。

有些好思索且多愁善感的人，比其他人更熱烈期待希望的到來，卻很快就發現，唉呀，等了幾小時還不見希望的曙光出現，反而是內心許多莫名的火花不斷射出，卻連火爐都點不著。他們感覺到他們所渴望的東西對他們已不再具有吸引力，他們決定放棄他們內心曾經很活耀的追夢欲望，在愛裡頭，這樣要放棄的欲念更加堅定地與時俱進，他們想像中要奮戰到底的念頭終於瓦解了，僅剩下絕望。不快樂的愛既不會帶給我們快樂，連虛無也不給我們。哲學的教訓，老年人的忠告，野心的挫折，都指出來愛的愉悅最後都是指向哀怨的結局！你愛我，最親愛的，你不知道你這樣說有多麼殘酷嗎？愛的幸福此時濃烈地散發著，可是只要用腦筋仔細去想，就忍不住頭腦開始暈眩，牙齒打顫打個不停。

我解開你的花朵，我輕輕捧起你的頭髮，我拿下你的首飾，我輕輕撫摸你的肌膚，我吻遍你全身，一如海浪衝擊整片沙灘，但你卻躲著我，躲開幸福，我決定離開你，卻忍不住又回來，我感到很憂傷。一想到上次的災難，我就想永遠再也不要回到你身邊，我現在已經打破這個幻象，我再也不要為這種事情不快樂了。

我也不知道我怎麼會有勇氣跟你說這些，我為能夠斷然拒絕你的慰藉而感到快樂，因為你的眼睛有時所流露的自信眼神還是會讓我感到迷惑，其實仔細看，那只是你的直覺和自我欺瞞對自己的一種自我防衛而已，早就沒什麼魅力可言了。我們一直在隱瞞這個祕密，我現在不得不大聲說出，因為那已經沒什麼意義了。我們對未來的美麗憧憬如今也早已蕩然無存了，這種憧憬是一種共同信心的表現，卻被我們所濫用：如今死了。我們繼續在一起，已經毫無樂趣可言，對未來也沒什麼可期待的希望，明明知道已經沒什麼希望，卻還要期待，我是做不到的。

然而，還是往我這邊靠過來，我親愛的女友，揉揉眼睛，看清楚些，我不知道是否眼淚把我的視線弄混了，但我分辨得出在我們後面有一把火在燃燒著。喔，我親愛的小女友，我好愛你！把手給我，我們不要太靠近這把火……我覺得過去寬容和強力的記憶又把我們結合在一起，它努力要我們復合。

二十六、灌木叢

對於樹這個族群，我們未必會害怕，卻有必要去多加了解。這些精力旺盛而平和的樹群不停為我們製造有力的元素和靜謐的芳香，除此，我們經常會花幾個鐘頭的時間與之相伴，享受其清新而寧靜自在的庇蔭。我們來到諾曼第海邊，有多少個炙熱的午後，在火紅的陽光照射下，我們躲進這些諾曼第的「深處」，從那裡往上延伸一整排又高又濃密的山毛櫸，好像一個長長的防波堤，阻擋海上的陽光滲透進來，當然還是從葉子的縫隙飄進來幾絲散漫的光線，有節奏地灑射在一片靜靜的，黑色的矮灌木叢上面。處在這樣的環境的時候，在灌木叢裡，我們的精神不像在海邊，也不像在平原上或山上，可以隨高興任意伸展，我們侷限在一個狹隘的範圍內，但一樣有截然不同的樂趣。灌木的根深入土壤，可說根深柢固，雖然長不高，樹幹還是和大樹一樣往上伸展。我們躺了下來，頭墊在乾燥的樹葉上面，舒舒服服躺著，一動不動，精神跟著活躍了起來，隨著樹枝一路高高伸向天空，樹枝上有一隻鳥兒在那唱歌。樹的底下到處都有稀疏的陽光滯留著，這些樹都隱約散發著濕氣，讓樹葉在陽光照射下閃閃發亮。其餘部分，各司其所，無聲無息，默默享受沒有紛擾的幸福。這些樹木，瘦瘦細細挺立著，被繁茂樹枝拱著，好像在靜靜地休息，樣子看起來很奇怪，卻也很自然，低吟著邀請我們認同這麼一個既古老又年輕的生命，和我們迥然不同，卻永不衰竭。

一陣微風吹來，稍稍撼動著這些光暗相雜的樹木，微微搖動著樹頂上的光芒，以及樹底下腳部的陰暗。

一八九五年八月寫於 Petit-Abbeville (Dieppe)

二十七、栗子樹

每當秋天來臨，栗子樹會開始變黃，這時我特別喜歡來到一大片栗子樹的樹底下，我會在那裡待上幾個小時，沉浸在這神祕而綠意盎然的樹窟裡，抬頭望向如瀑布般的，明暗相雜的金色光芒。我很羨慕住在樹枝上脆弱而深邃綠色小屋裡的紅喉雀和松鼠，兩百年來，每年春天來臨時，這些懸在樹枝上的小花園就會布滿白色和芬芳的花朵。經年累月下來，這些樹枝不知不覺慢慢往下垂，直垂到地上，變成一棵一棵新的樹，頭頂著地上。這些仍留在樹枝上的白皙葉子又會繁殖出新的葉子，慢慢變得堅挺茂盛，披滿整個樹幹，樹幹就像一支漂亮大梳子，支撐著這些四處散布的金黃色頭髮。

一八九五年十月寫於 Réveillon

二十八、大海

大海會吸引那些人生不如意且腦中充滿神祕想像的人，他們心中有許多憂愁，對現實生活不滿意，身心俱疲，大海適巧可提供給他們休息和慰藉，同時提升他們的精神活力。大海不像陸地的生活，既無一般人類生活的要素，亦無工作約束，那裡什麼都沒有，只有防波堤和來來去去的海浪，還有，它擁有陸地所沒有的純潔，這片純潔之水是那麼的可愛可親，不像陸地上的土地那樣硬梆梆，必須用十字鎬去翻掘。一個小孩的腳步踏入水中時會造成一陣漣漪，還會發出一聲清脆的聲音，緊接著水痕完全消失，然後整個大海又回歸到開天闢地時的寧靜無聲。那些疲於在陸地路上奔波的人，或是那些知道在陸地上會變得粗俗難過的人，大海雖然危險、不確定或更荒蕪，卻更溫柔，對他們卻更具吸引力。大海就是神祕，無遠弗屆，一片寧靜祥和，放眼望去，沒有房子，沒有鳥影，上面也是一望無際的一片天空，天際的雲彩就像天空的小村莊，或是一片樹葉。

大海事物充滿了魅力，更在晚上的時候散發它無比的魅力，對我們這些憂心忡忡而晚上無法入睡的人，它會安撫我們睡著，它也像小孩晚上睡覺時旁邊的小燈火，一直陪在旁邊不會熄滅，讓小孩不會覺得孤單。大海不像陸地那樣和天空隔開，永遠是海天一色，充滿和諧，有時還會激出極為耀眼的美麗色調。它在陽光照射下發出光芒，可是一到晚上，光芒隨著太陽的西沉而消逝殆盡，太陽雖然不見了，它還是會對它念念不忘，還是會殘留著它的餘暉，面對著一片黑暗的大地。這時海上彷彿飄出一股淡淡的哀傷氣息，我們這時望著一片幽暗的海上，感受著那股哀傷氣息，內心忍不住就慢慢下沉。黑夜降臨之後，天空和大地一起陷入一片黑暗，這時海上還會泛著淡淡的光芒，我們不知道在那深不可測的底下藏有什麼神祕的東西，也許是白日裡的什麼珍貴聖物在那底下緩緩流動著。

它會不斷激發我們的想像力，雖然它從不會理會我們人類的生活，它同時還會撫慰我們的靈魂，它會默默地，無聲無息地，無止無盡地低聲哀號，藉此來激勵我們，好比用音樂來給予我們快樂，它不像語言那樣，說出事物的本質，講出人是什麼，它只是不停探詢我們的靈魂。我們的心靈和它的波浪一起衝刺，跟著它一起起伏漂蕩，有時還會忘記它的力道的不足，但我們的心靈仍會在大海的哀傷之中感受到一種親密的和諧和無比的慰藉，和萬事萬物結合在一起。

一八九二年九月

二十九、海邊即景

我說過什麼話我已記不得，也許我應該把這些說過的話再說一遍，順著多年來在我心中所醞釀的想法把這些話全都再說一遍，你們就傾聽著，我將毫無保留再說一遍。首先我要再度輕輕鬆鬆回到諾曼第，到那裡的海邊。我會走兩旁植有樹木的道路過去，那裡經常吹著夾雜鹽味的微風，從那裡也可以看到整個諾曼第海灘，以及潮濕的樹葉和牛奶。我對這些土生土長的事物一無所求，這些事物對在這裡出生的小孩很慷慨，它們會常常對他提醒一些已被遺忘的事物。在我仍未看到海時，海上就不斷先吹來香水味道，也先微微聽到海的聲音，我心懷憐憫和焦慮走上一條種滿山楂花樹的道路，這條路以前很有名，我走著走著，突然發現路被一個籬笆隔了開來，在不遠處卻瞥見到一個多年不見的女友，那位哀傷的老王后，就是那大海了。我終於看到了大海，那是某一天在太陽的曝曬下，在昏昏欲睡狀態下，我看到大海正反射著藍色天空，顯得有點蒼白。遠遠看去，水面上鋪著一些白色的魚網，好像被置放在水上的蝴蝶，一動不動，像是被曬昏倒了一般。有時海水會波動起來，在太陽光照射下，看起來好像一片黃色爛泥巴，不停波動著，從遠處看去，像是一動不動，好像覆蓋一層白雪一般，閃閃發亮。

三十、海港的桅帆

在一個狹長的港口內，這個港口看起來像是兩個突起堤岸之間的蓄水塘，在黃昏夕陽照耀下閃著亮光，許多行人停下來，站在那裡觀看。這些行人像是昨晚才來的外地人，今天準備要離開，港灣裡已經聚集幾艘船在等著他們。這些人昨晚投宿在附近的一家小客棧，身上還沾著客棧裡的濕氣，他們根本不在意他們在人群中所引起的注意，因為他們覺得這些人很粗俗而自覺高他們一等，甚至沒有人聽懂他們所講的語言，因此再也沒有人去理會他們。船頭的船柱說明了他們是遠道而來，他們一路奔波而來，風塵僕僕，掩飾不住渾身的疲憊。他們有氣無力卻又帶著哀傷的傲氣轉向海洋，他們曾在那裡乘風破浪，或是有一度還迷失在那裡。水裡那美妙而錯綜複雜的纜繩閃閃發亮，好像具有預知能力的準確智能，知道遲早有一天將打碎那不可知的命運。如果這些人最近剛從既煩人又美好的生活中抽離出來，明天則又要回去再繼續接受淬鍊，他們船上的桅帆在風勢的吹拂下，又慢慢鼓起，斜帆慢慢斜著往水上垂下，昨天是相反往上拉，從船頭到船尾，整個船身保持著弧形狀態，慢慢滑行，保持著神祕又靈活的前進軌跡。

妒意的終結

|

「不管我們有沒有要求，請帶給我們良善，同時把邪惡帶離我們，即使我們曾要求過邪惡。」

「我認為這個祈求很美好也很肯定，如果你發現有什麼東西可取，就不要隱藏。」

——柏拉圖

「我的小樹，我的小驢，我的母親，我的兄弟，我的故國，我的小上帝，我的小陌生人，我的小蓮花，我的小貝殼，我的至愛，我的小植物，全都給我走開，我要穿衣服，我們八點在包姆街會合，我請求你，八點一刻以前一定要到，因為我已經很餓了。」

她想把房間的門關上，不讓歐諾雷進來，他對她說：「脖子！」她乖乖把脖子伸過來，一副誇張熱心模樣，把他惹得忍不住大笑：

「你還是不肯開門，你的脖子和我的嘴巴之間，你的耳朵和我的小鬍子之間，你的手和我的手之間，存在著一種很特殊的小友誼，我敢保證，即使我們不再相愛了，這些友誼還是會繼續存在的，就像前一陣子我和我的表妹寶拉鬧翻之後，我無法阻擋我的僕役去跟她的女僕聊天一樣，我現在就無法阻擋我的嘴巴和你的脖子接近。」

他們現在僅相隔一步之遠，突然他們的眼光互相注視著對方，他們都企圖想在對方的眼睛裡尋找對方還愛自己的蹤跡。她站著，停頓了一秒鐘，然後像窒息一般喘著氣躺入一張椅子上，好像剛剛賽跑完那樣。這時，他們的嘴唇都做出打算親嘴的動作，同時幾乎不約而同以嚴肅昂揚的聲音一起叫出：

「我的愛！」

她以陰沉哀傷的語調，晃動著頭，再一次叫道：

「是的，我的愛。」

她知道他無法抗拒她這小小的晃頭動作，他迫不及待立刻抱她吻她，並輕聲說道：「你真壞！」這話說得多麼溫柔可親，她的眼眶被淚水濕透了。

時間敲響七點半鐘，他起身離開。

歐諾雷先回到家裡，他不斷對自己重複著：「我的母親，我的兄弟，我的故國，」他停下來，「是的，我的故國！……我的小貝殼，我的小樹。」他在念這些東西時，自己都忍不住笑了出來，這些字眼都有其固定所指的對象，但很快念出來時，卻顯得空洞，但意義卻是無窮的。這些字眼如果不加思索即賦予愛的豐富意義時，就形成為一種具有大家約定成俗的文法功能。

他在穿衣服準備赴晚宴之時，回想著剛剛去見她的情況，她像個在甩單槓的體操選手，這時正飛離單槓，正準備要飛回來握住單槓，也好像一個樂句在追趕一個和弦，以期達到互相協調混合，而這中間仍然隔著距離。這正是歐諾雷過去一年來所過的生活的狀況，每天匆匆忙忙從早上到下午，過著一成不變的生活，他白天的現實生活不是由十二或十四個小時所組成，而是由四或五個半小時所組成，處在等待和回憶之中。

歐諾雷來到阿列麗烏弗公主家幾分鐘之後，謝歐娜夫人隨後跟著進來，她先跟女主人及其他客人問好之後，走到歐諾雷旁邊，隨意問候一下，就拉著他的手，好像要去加入別人的談話。如果他們之間的親密關係為大家所周知，大家就會相信他們如果是一起過來，她應該會在門口等一會兒，隨後再獨自進來，她是不會和他一起進來的。然而他們可能已經有兩天沒見面（一年來這倒還未發生過），如今在這裡不期而遇，應該會造成很快樂的驚訝才對，結果只是友誼性的互相問好而已。事實上他們從未有過五分鐘以上不在一起而不想著對方的，因此他們不可能最近期內從不碰面，他們是不會輕易和對方互相隔開距離的。

在吃晚餐的當兒，每次他們互相交談時，態度是既活潑又溫和，就像普通的男性和女性朋友那樣在談話，彬彬有禮，極為自然得體，根本就不像情侶之間的親密談話。他們看起來就像傳奇故事裡，生活在人類當中的喬裝仙子，或是像兩個天使，活潑喜樂，互相友愛，但同時卻又互相敬重禮讓，不失其高貴出身和神祕血緣所應該有的姿態和修養。此時，餐桌上的鳶尾花和玫瑰花微微散發出一股懶洋洋的香味，越來越強烈，竟然和歐諾雷及法蘭索瓦絲身上所散發的香水味道交織在一起，瀰漫著屋內整個空氣，有好一會兒，他感覺到全身為強烈香氣所包覆著，大大超出了他平常在身上所使用香水所散發的香味強度，甚至超越了太陽照射下的天芥菜或是雨中的紫丁香所散發的強烈香味，在此時這樣的場合，他們深覺不宜。

因此，他們之間的親密關係本來已經不是什麼祕密，此時反而更加深了一層神祕性，但每個人還是很想刺探其中的奧妙之處，卻不得其門而入，好比一個戀愛中的女人戴著一個充滿神祕的手鐲，上面刻著沒有人看懂的字母，代表著某個和她生死與共的男人的名字，在許多人好奇的眼中是永遠無法理解的。

「我將會愛她多久？」歐諾雷自言自語，說著就站了起來。他想到曾經有多少激情產生時，他都認為會永垂不朽，會持續到永遠，事實上每次都持續很短時間，一想到這個現象的確定性，他的心頭就忍不住蒙上一層陰影。

他回想以前有一次早上在教堂望彌撒時，神父念著福音書說：「耶穌伸出手對他們說：這個人是我的兄弟，她是我的母親，他們全都是我的家人」，他有一次也對著上帝伸出他的靈魂，顫抖著，高高在上，有棕櫚樹那麼高，他祈禱著：「我的上帝！我的上帝！請賜我恩典，讓我永遠愛她，我的上帝，這是我對您要求的唯一恩典，只有您能做到讓我永遠愛她！」

現在，在這樣的時刻裡，身處身體本能的狀態之下，我們的靈魂被消除在正在消化的胃囊的背後，皮膚正沉浸在最近聖水的洗滌和輕薄細緻衣物的愉悅裡，嘴巴正在吸著菸，眼睛正在享受著觀賞那些女士的赤裸肩膀，還有美麗的燈光。他心中不斷輕聲反覆念著他的禱告詞，他還真擔心會真的出現奇蹟，擾亂了他心中堅信不移的無常易變的心理學法則，其不可摧毀正如同物理學上重力原理和人不免一死的顛撲不破法則之不可摧毀。

她看到他的眼睛充滿著憂慮，就站起來走到他身旁，他並沒注意到，好像兩個人和其他人隔很遠似的，她感覺他好像在問她話，就用一種慢吞吞的好似小孩在哭的好笑口吻問道：

「什麼？」

他笑了起來，跟她說道：

「不要說話，要不然我要吻你，你聽好，在眾人面前把你抱起來吻！」

她起先笑笑，然後故意裝出不高興的樣子，藉此取悅他，她說：

「好，好，很好，你一點都沒把我放在心上！」

他看著她，笑了笑，然後說：

「你真會說謊！」他接著溫和地又說：「你真壞！真是壞！」

她離開他去跟別的人說話，歐諾雷這時心裡想著：「當我的心已不在她身上時，我還是要對她很溫柔很體貼，好讓她察覺不出來。她現在還不知道她在我心中的位置已經被取代了，我絕對要小心翼翼不能讓她知道，我要和過去一樣對她溫柔體貼，就像今晚一樣，外表裝得和她在一起仍然很快樂的樣子。」（他這樣想著，就把眼睛飄向阿列麗烏弗公主那邊）他想著法蘭索瓦絲，他現在已經不愛她了，她可能會愛上其他男人，他不會有什麼妒意，那個男人會像他過去一樣，帶給她溫柔和快樂。雖然他現在已經不愛她，他還是很珍惜她在精神上的魅力，既高貴又單純，他想到和她維持友誼關係，寬容和體貼的友誼，這對他而言會是一種美麗的施捨，他捨不得放棄，他的嘴唇稍稍鬆開，他在自言自語著。

這時，已經十點，法蘭索瓦絲跟大家道晚安再見，然後就離去了。歐諾雷陪她到馬車旁邊，不顧一切就抱著她吻別，然後又回到大廳裡。

三個小時之後，歐諾雷和布維爾先生一起走路離開，今晚大家為布維爾先生慶祝他剛從日本東京回來。歐諾雷跟他問起關於阿列麗烏弗公主的事情，她剛守寡不久，幾乎就在他和法蘭索瓦絲開始在一起的同時。她很漂亮，比法蘭索瓦絲漂亮許多。他對她很感興趣，要是能夠不讓法蘭索瓦絲知道而能夠和她好好談場戀愛，他會很樂意嘗試。

「大家對她所知不多，」布維爾先生說道：「至少先前我離開時，大家對她所知不多，我這兩天剛回來，還沒見過什麼人。」

「事實上，今天晚上大家也沒透露出什麼。」歐諾雷說道。

「不，沒什麼大不了的事情。」布維爾先生回答道，兩個人不覺來到了歐諾雷家門口，看樣子兩個人之間的談話就要在此結束，臨離去時，布維爾先生又說道：「至於謝歐娜夫人，我看你們在晚宴上的行為舉止，你們應該很熟了，至於狀況怎麼樣，我倒是一無所知，但她身上倒是有發生一點什麼的，也許你會很想知道。」

「我完全沒聽過你所說的關於她的什麼的。」歐諾雷說道。

「你還太年輕，」布維爾回答道：「聽著，就在今晚，有人願意為她出價一大筆款項，我不騙你，就是那位鼎鼎大名的法蘭索．德．固佛爾二世，他說她很有個性，她拒絕了，他也不想繼續下去。但是我跟你打賭，她此刻正在別的地方繼續玩樂，你沒注意到她那麼早就離開我們？」

「就我所知，自從她守寡之後，她一直和她的一位兄長住在一起，她不可能無視於門房的存在，會把她的事情傳出去。」

「但是，我的小朋友，從晚上十點到凌晨一點，可以做多少事情，有誰會知道？而現在才一點，你卻準備要睡覺了。」

他按了一下門鈴，隔一會兒門開了，布維爾和他握手互道再見，他覺得自己有點僵硬。進得門來之後，他突然有一股瘋狂衝動，想要再出去，可是樓下大門已經鎖上，又沒有人在樓下不耐煩地在等他，而且四周圍一片漆黑，又不敢吵醒門房為他開門，只得回房間睡覺。

II

我們的行為不管好壞，都是我們的天使，致命的陰影在我們旁邊一起行進。

——Beaumont et Fletcher

自從那晚和布維爾先生談過話之後，歐諾雷的生命大為改變，特別是他對他講的有關謝歐娜夫人的事情——事實上這類事情他早已聽過多次而不太理會——可那晚聽布維爾先生講過之後，特別是他一個人深夜獨處之時，越想越覺不對勁，他第二天就迫不急待去質問法蘭索瓦絲，她實在是太愛他了，她忍受他的冒犯和無理取鬧，並一再強調，她從未背叛他，將來也不會背叛他。

他抓著她的小手，反覆吟誦魏爾蘭的一行詩句：

美麗的小手請為我闔上眼睛

他聽到她對他這樣說「我的兄弟，我的故國，我的至愛」她的聲音好像家鄉的鐘聲不斷在他心中迴盪，這時他很感動，並且相信了她，即使感覺沒像以前那麼快樂，至少如果照這樣持續下去，未來的幸福還是可以期待的。可是當他有時和她距離比較遠的時候，就像現在這樣，他一樣可以感受到她眼睛裡燃燒的欲火——他感覺昨天和今天一樣，明天也將一樣——有時由於別的女人的緣故，他在她面前會喪失對她肉體的欲望，他就用他還愛她的謊言來敷衍她，他倒沒懷疑過她會欺騙他，但問題是，在他認識她之前，她已經不知道有多少次，像現在他們在溫存一樣，投在別人的懷抱裡，說過多少次和對他所說的相同的話，多少次像現在這樣激盪著無盡的激情，他甚至懷疑她以前對別人的激情比現在還要強烈。

他甚至打算跟她承認他欺騙了她，他這樣做並不是為了報復，或是為了讓她和他現在一樣受苦，而只是要她說出實情，不要暗地裡欺騙他，主要是他也不想老是欺騙她，為了補償他為錯誤的色欲所付出的代價，更是為他自己創造出一個可以讓他妒意叢生的對象，他有時就會覺得他把自己的謊言和自己的色欲全都投注在法蘭索瓦絲身上。

有一天夜晚，他們一起在香榭里大道上散步，他對她坦承他曾欺騙過她，她的臉色立時慘白，他感到很驚訝，她馬上無力躺入路旁的一張椅上，她並未生氣，而且還面露溫和，只感覺有氣無力，甚至還表現懇切和充滿歉意的樣子。兩天後，他感覺她大概不會再理他了，他必須好好跟她悔罪，他回想這個不自覺的反應證明了她是愛他的，但他覺得還不夠。如果他已經肯定了她只屬於他，那麼那天晚上布維爾陪他回家時所說的那些話就不會造成他那麼痛苦了，不僅如此，任何旁人的流言蜚語都一樣造成他莫須有的痛苦，就像我們在夢中曾夢見有人要殺我們，醒後知道這只是夢，可是一想到還是會覺得痛苦，也像截了肢的人會因為少了一隻腳而終生痛苦一樣。

他想努力掃除這一切，卻無濟於事，比如他白天騎馬或騎腳踏車或練武之後，覺得很累，遇到了法蘭索瓦絲，他們一起前往她家裡，晚上他在那裡獲得了各式各樣的慰藉，他得到了愛的信心和平和的心靈，像蜜一般溫柔，等他回家時全身舒暢，身上瀰漫著芬芳，可是才一到家，竟感到滿腦子憂心忡忡，趕快往床上一躺，希望趕快睡著，免得剛才的幸福感覺溜掉。他小心翼翼躺著，希望剛剛一小時前得到的溫柔香氣和清新感覺，可以原封不動保留一個夜晚，一直持續到早上，像埃及王子那樣，可是隨後他想到了布維爾說過的話，許多各式各樣的意象立刻匯集到他腦海裡，只有趕快睡著才能將之驅除，但她的意象老是在那裡，他乾脆坐起來不要睡了，他再點燃蠟燭，開始讀一本書，趕快盡量讓書裡的句子溜進腦海裡，讓腦中不再有多餘的空間，不要讓她的意象入侵得逞。

突然之間，他感覺房間的門開了，她進來了，現在他無法把她趕出去，他盡力想把門關上，但還是開了，她進來之後還順手把門關了，看樣子他今晚勢必要跟這個可怕的伴侶共同度過了。大勢已定，一切都完了，今晚跟以前每個夜晚一樣，他一分鐘都不能睡了。他現在只能求助於溴化氫來助眠，他喝了三湯匙，然後感覺昏昏欲睡，但他還是忍不住又在想著她，帶著驚恐和絕望，甚至恨意。他忍不住在想，趁著別人還不知道他和她的親密關係，來好好打探她以前和男人的關係是何種德行，現在是否已經完全斷絕往來，努力去挖掘什麼特別的，一網打盡，然後躲在房間裡來好好欣賞研究（他記得年輕時，為了好玩，曾經在同學身上幹過類似的勾當）。首先他不能驚動別人，他要先用開玩笑的口吻質問她——要是不這樣，就會引發爭論和憤怒！——等著明天見到她時，這樣問她：「你從來沒有欺騙過我？」她會一如往常帶著愛意這樣回答：「從來沒有。」也許她會招供一切，當然她會先虛與委蛇一番才這麼做。這會像是有益健康的一個手術，經過這手術之後，他一向被這個愛所凌遲的一切病痛將從此痊癒（病有沒有好，只要晚上拿著蠟燭在鏡子前照一下就知道），好像寄生病菌在啃噬一棵大樹那樣，只要把所有病菌都殺了，病自然就痊癒。但是不行，她的意象還是會經常回來，並且會夾帶無法預料的打擊力量騷擾他的頭腦，他還無法預料這會是什麼樣的狀況。

然而，突然之間，他還是想起了她，想起她的溫柔和體貼，還有她的純潔，也想到不久前打算在她身上施展惡作劇而覺心裡不安，這是以前只有在節慶的時候才會在學校同學身上施展的節目啊！

不久之後，他感到全身在顫抖著，他想起剛剛睡不著時服用了溴化氫，這時開始發揮作用，他突然感覺視線開始模糊，沒有夢，沒有感覺，進入剛才想起了她的狀況，他自言自語道：「怎麼，我還沒有睡著？」這時他看到外面天色已經大亮，才知道事實上他已經在不知不覺的恍惚當中睡了六個鐘頭。

他等著先讓腦筋冷靜清醒過來再起床，他想用冷水洗臉，讓精神振作一下，走路穩重一點，卻無濟於事，他擔心等一下法蘭索瓦絲見到他這副狼狽醜陋樣子，心裡不知做何感想。他走出家門，來到教堂，一副疲憊無神樣子，整個身體也頹唐無力，他希望能藉此振作起來，他的一顆心靈既老又病，也希望可以痊癒起來，他企盼心靈可以獲得平靜，不要再紛擾不安，他開始向上帝祈禱，大概兩個月前，他才跟祂祈禱賜他恩典，讓他能夠永久愛法蘭索瓦絲，他現在一樣虔誠祈禱上帝再度賜他恩典，除了能繼續好好活著，不要再愛法蘭索瓦絲，至少不要愛太久，更不要永遠愛她，然後想到她躺在別的男人懷裡時，不會感到痛苦，因為他現在最感痛苦的，就是不在一起之後，想像她躺在別人懷裡的樣子，總之，現在最大的希望就是，從此以後不必再為她感到痛苦，不管怎麼想到她，都是冷漠無感。

他忍不住回想，有多少回他都多麼害怕不能夠永遠愛法蘭索瓦絲，有多少回他都不斷在心裡銘記她的一切，她的臉頰在他雙唇上廝磨著，她的額頭，她的小手，她那嚴肅的雙眸，她身上一切令人不得不愛的許多迷人魅力。現在突然又都喚醒了過來，他不願意再去想這些，不想再看到她的臉頰，她的額頭，她的小手——喔，她那美麗的小手！——她那嚴肅的雙眸，她全部令人討厭的特點。

從這一天開始，他反而害怕跌入這樣的生活狀況，他再也不離開法蘭索瓦絲，全天候陪著她，陪她去辦事看朋友，跟著她去市場購物，在商店門口等她一個鐘頭。他心裡在想，要是這樣做能防止她欺騙他，他寧可放棄這樣做，因為會嚇著她，然而，她根本沒想那麼多，反而更高興，因為她喜歡他時時刻刻都陪著她，看到她這麼高興，這倒慢慢加強了他對她的信心，可以肯定她並沒有背叛他，這好比一個患有幻覺的病人，有時透過讓他的手去觸摸主席大位來治療他的病，人們想像那個大位上坐著一個幽靈，利用現實世界中並不屬於這個大位的人去把這個幽靈趕走，歐諾雷的情況正是如此，不過是庸人自擾罷了。

歐諾雷就這樣努力著，每天陪著法蘭索瓦絲東奔西跑，讓自己的心靈忙個不停，藉此來抹除每晚不停纏繞他心靈的妒意和狐疑。他現在每個晚上都很好睡，不再感到痛苦，即使有痛苦也都很短暫，他都能輕易加以平息，安安穩穩一覺到天亮。

III

我們應該把自己交給靈魂直到最後，因為有些像愛的關係那麼美好和那麼有魅力的事物，只能由美好的事物和更高層次的東西來取代。

——愛默森

謝歐娜夫人原來出生時的本姓叫做加列絲—歐蘭德公主，我們在前面提到她時經常以她的原來名字法蘭索瓦絲稱呼她，她的沙龍可以說是今日巴黎人氣最旺的沙龍之一。以她高貴的出身來講，雖然名字平庸到經常和別人搞混，卻是堂堂一個女公爵，祖先是白色孔雀，黑色天鵝，白色紫羅蘭，曾被囚禁的赫赫有名的王后的後裔，卻願意放棄她的一切高貴頭銜，下嫁給謝歐娜先生。

謝歐娜夫人的沙龍在今年和去年都曾接待許多客人，但是在那之前的三年之中卻是關閉的，理由是為了歐諾雷・德・湯弗爾的亡故的關係。

在此之前，歐諾雷的朋友看到他常和謝歐娜在一起，氣色越來越好，心情愉快，都將之歸諸於他們之間最近親密關係所帶來的結果，就在歐諾雷改頭換面大約兩個月之後，他卻在布龍森林大道上出了意外，他的雙腿被一隻暴怒的失控的馬踩斷了。

意外發生在五月的第一個禮拜三，到禮拜天竟惡化為腹膜炎，他在禮拜一接受臨終聖事，在這天晚上六點時還為此憤怒焦躁，從禮拜三出事那天以來到禮拜天晚上，只有他知道自己沒救了。

禮拜三那天將近六點時，經過急救包紮好傷口之後，他要求想自己好好休息一下，這時有人遞過來一些名片，許多人一聽到這個意外的消息之後，都急忙趕過來看他。

就在出事那天早上剛過八點不久的時候，他獨自一人徒步走在布龍森林的大道上面，呼吸著陽光和微風混雜在一起的空氣，感到極為神清氣爽，幾位女士迎面走來，還不時以愛慕眼光回頭看著他那敏捷迅速的優美身形，他感到有些得意，甚至覺得快樂，等他回過神時，他發現自己正夾在一群正在奔馳而來的群馬之間，他並未覺到有什麼異樣，仍張開嘴巴貪婪地吸收清晨的新鮮空氣，深深享受著早上生命所帶來的喜悅，陽光、樹的陰影、石頭、天空以及從東邊吹來的涼風，無一不沐浴在清晨的朝氣當中，特別是大道兩旁的大樹，巍巍而立，像男人那樣偉然矗立，也像女人睡覺時那樣嬌然躺臥，一動不動，微微閃著亮光。

就在這時候，他拿出懷錶看時間，放慢腳步準備回頭……就在那須臾之間，不幸的事情發生了，一匹馬把他撞倒並踩斷他的雙腿，事情發生得實在太突然了，而且就那麼巧合，要是這當兒他稍微離得遠一點，或是下點雨，他可能會早一點回去，或是他不要低頭看錶，這場不幸的意外可能就不會發生了。他也許可以把這場意外看成是一場夢魘，然而它卻千真萬確發生了，成為他生命的一個部分，無從改變，他的雙腿斷了，腹膜被感染了。喔，這場意外並無特別之處，他回想一個禮拜前在S醫生家裡吃晚餐時……大家提到了C……他也和他一樣被一匹失控的馬踩傷了，大家很好奇就問他後來情況，S醫生說：「他的情況很糟。」歐諾雷很想知道C的傷勢情況，就不停繼續追問，S醫生就用一種煞有介事以及帶有賣弄學問和一點點哀傷的口吻回答：「這並不單單是受傷的問題，整個問題是全面性的，他的兒子們煩他，他的處境比起從前一落千丈，報紙對他的攻擊更是令他無法忍受，我希望我的觀察有錯，但他的處境實在是糟透了。」S醫生若無其事一般說著這件事情，因為意外並不是發生在他身上，他的健康狀況很好，思慮清楚，正如同歐諾雷當時的狀況，他知道法蘭索瓦絲越來越愛他，全世界都已能接納他們的親密關係，也都能坦然面對他們的幸福和法蘭索瓦絲那令人喜愛的性格。這時醫生的太太繼續補充剛才她丈夫的故事，她用憐憫的語氣述及C的悲慘下場……大家去參加他的葬禮時都忍不住又說一遍：「可憐的C……，他的處境真糟」，然後大口喝下最後一口香檳，心想「他們的處境」真棒。

歐諾雷現在心裡想著C的情況畢竟和他不一樣，然而他此時還是整個腦子都淹沒在他自己的不幸裡面，就像他也會常常想到別人的不幸一樣，他想到自己再也無法下床走路，再也不能像健康的人那樣扎扎實實行走在土地上面，再也不能在土地上經歷很多事情的變化，以及享受許多令人愉悅的樂趣，這些令人愉悅的樂趣就像紮根在地裡，滋潤著橡樹和紫羅蘭，讓他可以在地面上昂首闊步。他又回想起那晚在醫生家晚宴，大家談起C時，醫生曾說：「在發生那場意外以及報紙對他展開攻擊之前，我曾遇見過C……，我當時發現他面色枯黃，雙眼深陷，頭髮凌亂！」醫生在說這話時，用他那美麗挺拔的手掌掠過他那飽滿紅潤的臉頰，還輕撫著他那修剪整齊美觀大方的小鬍子，每個客人都很樂意看到他氣色紅潤的說話樣子，好像一個貲財豐饒的屋主對著他年輕有錢的房客，得意地笑著說他「面色枯黃」和「頭髮凌亂」。現在歐諾雷在鏡中看到自己的樣子，也正是「面色枯黃」和「頭髮凌亂」，他想到S醫生形容C的話此時也會用在他身上，一副事不關己的冷漠態度，一想到這個，他覺得很震驚。那些來看他的人都會露出一副憐憫態度，可是等他們轉身離開後，會急急離去，好像剛剛接觸到了什麼危險的東西似的，然後深深慶幸自己還很健康，還可以快樂地活著。他隨後想到法蘭索瓦絲，他垂下肩膀，頭往下低垂著，上帝的戒律就擺在他上頭，他感到無比的哀傷，他決定要放棄法蘭索瓦絲，他感覺他的身體受盡屈辱，被傷痛折磨得像小孩一般那麼微弱無力，憂煩不已，他像往常一樣隔著距離來看自己的生命，他覺得自己就像個小孩那樣，不停憐憫自己的悲哀處境，想著眼淚不禁掉了下來。

他聽到有人敲門，有人進來呈上來訪者的名片，他知道這些人都是來打探他的病情，他自己也搞不清楚他這次意外所帶來的傷勢有多嚴重，只是沒想到會有這麼多人來看他，他更驚訝發現，來看他的這些人當中有許多他都不太認識，也許他們是來打探他的婚姻狀況，或是有關他葬禮的事宜，他覺得很煩。這些名片有一大堆，滿滿堆放在一個大盤子上面，門房帶進來時必須小心翼翼，以免掉到地上。他一張一張讀著這些名片上的名字，他突然看到一張上面的名字寫著：「法蘭索·德·固佛爾伯爵」，他應該想到德·固佛爾先生會來打探他的病情，他已經很久沒想到他了，他隨即回想起那晚布維爾先生對他說的話：「有人願意為她出一大筆錢，那個人就是法蘭索・德・固佛爾先生——他說她拒絕了，她很有個性，他不想再繼續下去。」他那時聽到這些話所帶來的痛苦感覺，如今又都一一浮了上來，他自言自語道：「我要是現在死了，我會很高興。但不要死，就好好釘在那裡，有幾年的時間，我就每天好好看著她怎樣和別人相好。她現在怎麼可能還會愛我？一個斷了腿的殘廢！」他突然停下來，猛然自問：「要是我死了呢？之後情況會怎麼樣？」

她才三十歲，也許他死後她會有一段時間仍然對他忠實，可是時間久了……，如固佛爾所說，她很有個性……他忍不住大叫：「我要活著，我要活著而且能夠走路，她走到哪我就跟到哪，我要保持帥氣，我要她愛我！」

就在這個時候，他為聽到自己的呼吸聲音而感到害怕，他覺得他的胸腔有些疼痛，他不能順暢地呼吸，他想深深地吸氣卻做不到，每一分每一秒，他可以感覺到有在呼吸，卻老是不很順暢。醫生來了，歐諾雷遭遇一次輕微神經性氣喘的襲擊，然後醫生離去，他感到很憂傷，他寧可這次醫生過來有發現什麼病情的變化，如果沒有，那就表示有其他重大變化正在醞釀，可能他就要再見了。這時他回想起他生命中較嚴重的肉體疼痛，他感到很難過，那些愛他的人不會因為他疼痛的反應而責備他神經過敏。上回自從那天晚上和布維爾先生的談話之後，他有幾個月時間晚上沒辦法好好睡覺，他會在房間裡走來走去，走到早上才穿上衣服準備出門，他的兄長經常會在半夜醒來一會兒，特別是如果那個晚上出去吃晚宴吃得太豐盛，他就會整個晚上沒辦法入睡，他跟他說：

「你太過於自尋煩惱，我也是，常常會整個晚上無法入睡，其實，我們多少還是會睡一些的。」

這是事實，他喜歡自尋煩惱，在他生命的深處，他老是聽到死亡的聲音，從未真正間斷過，他就在不損及生命的正常運作下，盡量削弱這樣的念頭。現在他的氣喘越來越嚴重，幾乎到了快要沒辦法呼吸的地步，每次一用力呼吸胸口就痛，他感覺到隔著我們和生命以及死亡之間的薄紗已經揭開，他在其中發現到了令人驚異的東西，那就是呼吸，讓人生存下去的那口氣。

然後他想到誰要來安慰她，安慰她的這個人可能會是誰呢？他的妒意又開始在為未來不確定的事情氾濫開來，他可以趁活著時來阻擾事情的發生，可要是他活不下來呢？要是他死了，她有說過她要進修道院，要是沒死，可能就不會。不！他絕不能被欺騙兩次——是嗎？——固佛爾、阿列麗烏弗、布維爾、布羅伊？他都見過了這些人，他會為那激烈的背叛而咬牙切齒，但他現在去想這些根本不值得，他要保持冷靜。不會是一個只是為了尋樂去做這件事情的男人，這個男人必須是真正愛她，為什麼我不要一個尋樂的男人？我這樣要求簡直是瘋了，但我是因為愛她，我希望她快樂，——不，不是這樣，我不要有別的男人過分刺激她的感官，我不要有人帶給她比我帶給她的更多的感官愉悅，什麼都不要，只要帶給她幸福就好，我要有人給她愛，而不是感官的愉悅，要是有人帶給她感官的愉悅，我會妒意叢生，當然我更不要有人從她那裡得到感官的愉悅，但如果真的去愛她，我就一點都不會有妒意，我要她去挑個好對象結婚……，雖然這免不了也會帶來哀傷。

這時他喜歡小孩的欲望又回來了，他一直很喜愛小孩，他特別喜歡像他七歲時的小孩，他那時每天晚上八點上床睡覺，他母親的房間就在他隔壁，母親會在她的房間待到十一點，然後穿上衣服外出，他會懇求她在晚餐前先穿好衣服，然後吃飽飯再出去，不管去那裡，他都會覺得不開心，他必須一個人獨自睡著。他們有時可能就在他家裡開舞會，母親為了取悅他和讓他心裡舒坦，會在八點時穿好衣服，可能穿著華貴的露肩禮服，來到他床前和他道晚安，然後前往一位女性朋友家裡參加舞會，他就獨自一人，雖然不高興，還是很平靜地睡著。

現在，他對母親的懇求一樣用在法蘭索瓦絲身上，他祈求她趕快準備好去結婚，好讓他能夠安然睡著，雖帶著遺憾，卻能平靜地永遠睡著，不用去擔心睡著之後所發生的事情。

隨著日子一天一天過去，他企圖想跟法蘭索瓦絲講話，打算交代後事，法蘭索瓦絲和醫生一樣，不認為他會死，就以既溫和又堅決的姿態要他打消這個念頭。

其實，他們兩人之間有什麼話要講，向來都是直來直往，沒什麼隱瞞，即使講出來的事實會讓對方感覺痛苦，也是在所不惜，因為他們要的是事實，在上帝面前，他們必須好好壓抑各人靈魂深處的敏感性，一切以面對事實為優先考量，在面對上帝之際，因此必須攤開事實，大家開誠布公。當法蘭索瓦絲對歐諾雷說他會活下來時，他知道那的確是她心裡真正的想法，他必須在心裡慢慢說服自己去相信：

「如果我會死，我死後就再也不會有妒意了，一定要等到我死後嗎？只要我的身體繼續活著，是的！妒意是出於身體對愉悅的要求，我會產生妒意都是因為身體的關係，她會令我產生妒意，不是她的心靈，也不是她的幸福，而是她的身體，如果我的身體消散了，如果我身上物質的東西再也不存在了，就像那天晚上我病最嚴重的時候，我對她身體的渴望就消失了，我特別想要她的靈魂，這時我心中的妒意就全然不見了。的確，我只要她的靈魂，按理講，我應該不會抱持此種想法，因為我的身體還活著，甚至還會反叛，但我必須壓抑我的欲望，特別是當我的手和法蘭索瓦絲的手互相緊握著時，心中感到溫暖而滿足，我根本沒有欲望了，妒意自然也就消失了。我會為離開她而感到憂愁，但這種憂愁以前也常降臨我身上，反而像天使一般為我帶來慰藉，這種憂愁反而像神祕朋友那樣，在我不幸的時候適時出現，讓我的靈魂平靜下來，讓我在上帝面前感覺更為安適自在。在我心靈感覺最低沉的時刻，並不是可怕病痛來騷擾並不斷打擊我靈魂的時候，身體不斷被刺痛的時候，而是在我身體裡面因欲望的不斷上升而靈魂失去作用的時候——是的，這時候我將如何自處？衰弱無力，無法抵抗，破碎的雙腿一無作用，我無法和她一起行動，只能躺在那裡，完全不能動，受盡嘲弄，嘲弄我的那些人再也無懼於我，大可在我這個殘廢之人面前『為她支付大筆錢財』。」

禮拜天那天夜晚，他夢見他窒息了，胸口壓著巨大的重量，他祈求上帝的恩典，但他再也無力去搬開壓在身上的重量，這種無力感覺在他身上已經盤據很久，他也無法理解這種現象，他再也無法忍受了，他快要窒息了。突然之間，他感到無比輕鬆，像奇蹟一般，他身上的重量完全解除了，完全離開了，他全身感到無比舒暢，他自言自語說道：

「我死了！」

這時他在他上方看到幾個過去曾壓得他喘不過氣來的意象慢慢升起，首先出現的是固佛爾的意象，然後是他的疑慮，他的欲望，最後是他一直在期待的法蘭索瓦絲的意象，但她卻以另一種不同形式出現，像一片雲，不斷膨脹，不斷膨脹，到最後膨脹到幾乎要籠罩整個世界，他無法理解這麼大的東西可以罩在他上方，籠罩在他這麼衰弱微末的身體以及毫無生氣的心靈上面，而他竟然可以安然無恙，其實，他知道他的身體早已粉碎，他的整個生命都已粉碎了。現在這個無以名狀的東西重重地壓在他身上，他終於了解，這就是他的愛。

然後他又自言自語道：「破碎的生命！」他回想那天早上那隻馬把他撞倒時，他曾暗叫：「我被壓碎了！」他想起那天早上的散步，還有今天中午要和法蘭索瓦絲一起吃午餐，他緊跟著想到他的最愛，他自言自語道：「壓在我身上的東西就是我的愛？如果不是，那會是什麼呢？是我的全部本性，也許？是我自己？還是根本就是生命本身？」隨後他又這樣想：「不，我要死的時候，我解脫的不是我的愛，而是我對肉欲的想望，還有我的妒意。」然後他說：「我的上帝，趕快給我時間，讓我了解什麼是完美的愛。」

禮拜天晚上，醫生宣布他得了腹膜炎，禮拜一早上將近十點的時候，他開始發高燒，並叫著要見法蘭索瓦絲，他兩眼露出很急切的眼神：「我要你的雙眼炯炯發亮，我要讓你快樂，我以前從未讓你快樂過……我要讓你……我以前對你太壞了。」然後卻突然暴怒起來，臉色發白：「我知道你為什麼不在，我知道你今天早上在做什麼，也知道你跟誰在一起，在什麼地方，那個人要我能夠見到你，故意把我丟在門後可以看到你們，卻無法撲到你們身上，因為我沒有雙腿，無法阻擾你們，只能眼睜睜看著你們在那裡享樂，他很懂得如何讓你享受樂趣，我早應該把他先殺了，然後再把你殺了，我自己再自殺，看著！我就要自殺了！」他說著把頭躺回枕頭上。

中午，他接受聖事儀式，醫生說他捱不過下午，他很快就全身癱了下來，再也無法進食，不久就失去了意識。他的頭隨意躺著，已經無法言語，為了不想看到法蘭索瓦絲難過的樣子，他等到快要失去意識時再好好想她，卻已經對她沒有知覺了，她再也不能愛他了。

早上他還生硬地念著那些可能今後會占有她的人的名字，這時那些人的意象又回到了他的意識裡，他的眼睛隨著一隻蒼蠅飛到了他的手指上方，好像要停下來卻又飛走，然後又飛回來，還是沒要停下來的意思。這時他又想起了法蘭索．德．固佛爾這個名字，看樣子這個人將會占有法蘭索瓦絲，他同時想著：「那隻蒼蠅會不會停在床單上，不，還沒。」他突然從夢幻中驚醒過來：「怎麼？這兩樣事情對我來講，沒有一樣會比另一樣重要，固佛爾將占有法蘭索瓦絲，或是那隻蒼蠅將停在床單上？喔，法蘭索瓦絲被霸占會稍為重要一些。」但是不管怎樣，這兩樣事件即使有性質和重要性的不同，現在對他來講，都一樣沒什麼區別了，他自言自語：「怎麼，對我來講都一樣！都令人感到哀傷。」他隨後發現，他講「都令人感到哀傷」只是出於習慣性的口頭禪，以及心情的變化，他現在的心情是真的改變了，他的嘴角泛起一絲微微的笑意，「就是這樣，」他自言自語道：「這是我對法蘭索瓦絲的純潔的愛，現在已經沒有妒意了，我要死了。無所謂，這還是必要的，讓我在這最後關頭，表現出對法蘭索瓦絲的真愛。」

然後他睜開眼睛，看到法蘭索瓦絲夾在僕人中間，還有醫生和兩個女的老年親戚，他們都在他旁邊不停祈禱著。他現在覺得，不管是單純的自私之愛，或是肉欲之愛，他過去都曾努力熱烈追逐並加以擁有，是那麼的廣大和神聖，而他現在對僕人和老親戚以及醫生的愛，並不亞於對法蘭索瓦絲的愛，他現在的愛甚至普及到所有生物身上，因此他對法蘭索瓦絲的愛和對其他人的愛已經沒有兩樣了，他甚至已經無法單獨愛她而忽略其他人，只愛她而不愛別人，這樣的念頭現在已經一掃而空了。

法蘭索瓦絲站在床前，流著眼淚，嘴裡輕聲細語念著以前對他念過的：「我的故國，我的兄弟。」他根本不想聽，也不想去糾正，只是笑笑，他想到他的「故國」已經不屬於她，而是屬於天空和大海。他不斷在心中反覆著「我的兄弟們」，他現在如果多看她一下，主要是出於憐憫，因為她的眼淚一直流個不停，然後眼睛又閉起來不再流淚，他多注意她絕不是他愛她比較多，他並沒有愛她比愛醫生和老親戚或是僕人更多，這是他的妒意的終結。

【附錄】

如何進入普魯斯特的歡愉時光？

朱嘉漢

一八九六年六月，年居二十五歲的馬塞爾・普魯斯特出版第一本書《歡樂時光》。書名直譯「歡愉與時日」，擬仿了希臘詩人海希奧德的詩集《工作與時日》。

若希臘詩人主張工作且貶損休閒，普魯斯特則崇尚每日的歡愉。

雖然，儘管當初這本書有大作家法朗士（Anatole FRANCE）為之作序，並刊登於費加洛報，本書無論是迴響與銷量皆為慘澹。

但作為初試啼聲的作品，以「歡樂」為題，實際上，這本書裡透露了青年作家相當多的煩惱，而這些煩惱構成了普魯斯特思索的基本問題。換句話說，透過這本書，我們可以勾勒出青年普魯斯特的樣貌。在未來「真正的書寫」，所謂《追憶似水年華》的巨著構思前，在這裡，他已然彰顯出的書寫特性：

其一是擬仿。除了標題之外，稍嫌刻意的文字風格，不難看出他對於喜愛的作家如巴爾札克、福婁拜的習作痕跡。

其二是時間。日後專注時間的執著思索、挫敗與贖回的普魯斯特。在此標題下，最濃厚的印象竟是死亡。從序言獻給已逝的神祕年輕男子威利・希斯，到書內小說的死亡書寫，已預示他對時間的尋回與召喚，根植於他對所愛人與物逝去的懷想，以及自身的恐懼與焦慮。不妨注意〈一位年輕女孩的告白〉直接以第一人稱的瀕死時光的回憶召喚，是即使《追憶》也無法重現的小說話語。

其三是愛情。普魯斯特對愛情的興趣，徹底呼應「歡愉」詞眼的調動。這幾乎散佈在所有的書寫之中，深入感受有之，遠距描述有之，優雅諷刺有之。愛情是普魯斯特觀察一切的望遠鏡與萬花筒。〈妒意的終結〉，作為集子中最成熟作品，亦能預見他日後發展出的，參雜愛意與恨意、想像超越現實、永不饜足的占有欲的愛情書寫。

或許我們可以這樣理解：若沒有歡樂的渴求與失落，那麼就無從追尋。追尋逝去的時光，實則對貌似不再復返的時光的奮力一搏。

是以。普魯斯特的追尋，不僅是失去的時間，而是在某種純粹的時間包覆下，所保存的幸福回憶。

我們甚至可以說，若沒有幸福感的追尋，他的書寫不可能如此堅持，也不會在奇蹟般的「瑪德蓮時光」裡，展開如此長篇幅的敘述，也不回最後在石板路的凹凸不平間，最終「尋回了時光」。

正是如此，我們才不該忽略反面，或說幸福時光的一體兩面。不論是理解普魯斯特其人或其作品，我們會發現各種痛苦與哀愁：對未來的不安、對他人的嫉妒、對自己才華的懷疑、身體虛弱久病纏身、作品不被認可甚至被人批評、無法回應家人期待而自己又闖不出名堂、想進入社交沙龍世界又被當中的規則與表裡不一困惑、愛情的千百種折磨。以及歸結或貫串其中的，一個作家的漫長煎熬養成的種種沮喪。

普魯斯特在《追憶似水年華》的末卷《尋回的時光》裡，辯證了痛苦及幸福與作品的關係：「幸福的歲月即是虛度的年華，我們等待痛苦，以便進行工作。先決痛苦的概念與工作的概念連在一起，當我們想到要構思一部作品首先先得備受痛楚，我們就會害怕每一部新作。而由於我們明白了痛苦是我們在生活中能遇到的最美好的東西，我們就會毫不畏懼地想到死，簡直想到一種解脫。」

許多時候，窺看一個作家，可以借用布列東《娜嘉》的開頭，關於「我是誰？」的問題所引出的句子：「告訴我你糾纏著什麼，我就能跟你說你是誰。」

在一九〇八年，父母已死，年屆三十七歲的馬塞爾，開始有了撰寫畢生巨作《追憶似水年華》的念頭。經過了幾年的試錯、退稿，才於一九一三年出版第一卷《在斯萬家那邊》。

然而，從他少年時便興起的文學夢，幻化在作品裡的馬塞爾的漫長追尋，並不是白費。如同他最終明白，「文學作品的所有這些素材，那便是我以往的生活。我領悟，它們在浮淺的歡愉中、在慵懶中、在柔情中、在痛苦時來到，被我積存起來。」

了解小馬塞爾的煩惱，便是了解多年以後的普魯斯特的追尋的幸福，以及作品。明白他如何在時光裡體會這一切，準備好寫作。

童年——睡前場景

「對於普魯斯特的童年我們所知甚少。」普魯斯特專家塔迪耶（Jean-Yves Tadié）如此說。

矛盾在於，不管是普魯斯特的讀者，或是初接觸《追憶似水年華》者，應該不難有此印象：童年之於普魯斯特，是其情感所繫之處。甚至可以說，整部小說想要追尋的逝去時光，就是幸福的童年時光。

這個「所知甚少」的童年時光，也早已透過他的寫作重建，將過去贖回，化作永恆。即便真實佐證的史料，或家庭的紀念物的遺失，關於普魯斯特的童年心靈樣貌，色彩如此鮮明。

然而，讀者們想必印象深刻，普魯斯特寫下的最令人印象深刻的童年場景，並沒有多快樂。無論是第一冊的〈貢布雷〉篇章，或是早期未發表的長篇《讓・桑塔伊》裡，他都寫到那個睡前期望母親到床邊親吻的小男孩：每當有客人來，都會剝奪他這項特權。他的巨大失落、焦急的反應，像是預示他的將來反覆折磨情境。

在未完成作品《讓・桑塔伊》裡，比《追憶》更直接的斷定，這種睡前與母親分離的巨大焦慮，是種神經上的疾病，終將困擾他終生的情境：他害怕孤獨，害怕被遺棄，不被愛。

還有更深沉的，關於死亡的預示：《追憶》童年的奇蹟夜晚，父親難得允諾母親在他房裡過夜，安慰哭泣的「我」。這個「我」在多年後，夜深人靜，再度聽到自己過去的哭聲。畢竟，只是因為周遭的吵雜而忽略了，實際上，「這哭泣始終沒有停止過。」

母親的愛

「睡前場景」凝鍊了、甚至象徵起了他與母親的依戀。場景中相當溫柔的細節，在於母親在敘事者床邊為之朗讀。敘事者形容，母親的朗讀方式不完全忠實原文，但感情真摯，尊重原意。這本書，也穿越了七冊的漫長敘事，在《尋回的時光》中，那個事過境遷，每個人被時光「上了妝」的沙龍裡，蓋爾芒特宅邸，再次發現它。

關於母親，除了占有欲與嫉妒（譬如父親像是嚴厲的隔絕母子的阻礙，而弟弟侯貝爾又是分散母親之愛之人）外，最重要的，還是母親給他的文學之愛。

根據傳記學家的研究，普魯斯特與母親的關係確實不同一般。普魯斯特的母親在許多方面，也給予普魯斯特相當多的限制與壓力。某方面來說，母親也多少任憑小馬塞爾依賴她，進而擁有控制欲。

普魯斯特關於母親的另一個困擾，是關於文學。倒不僅僅是這晚熟、虛擲光陰不成材之感，普魯斯特一直認為他的品味與母親不同，卻也寫不出好作品。即使寫出了，可能也不是母親喜歡的。二〇一九年，在研究者的整理下，重新出土了普魯斯特未曾發表過的小說。這些不完整、也埋藏起來的短篇，不願公開原因主要還是他的私密情感，尤其性向。

成為作家的路上，母親的形象似乎同時是普魯斯特的幸福與煩憂。而終在多年以後，母親逝世，以另一種方式糾纏起母親，重寫那個依賴母親的小男孩時，將這份窒息般的愛化作養料。

且記得他死後出版的《駁聖博夫》，可說是《追憶》的原型，後來整理的筆記裡，他寫下的第一句話是：「我知道妳不喜歡巴爾札克。」這個「妳」便是母親，可以說開啟他文學話語的，永遠是與母親的對話。直到母親死了，也要在書寫中以話語對話的母親，直到小說的末尾，還要以母親所愛的喬治桑作品回應。

疾病

普魯斯特是病的。從小開始。

他約在九歲左右患上哮喘，從此糾纏一生。然而在此之前，他更早的病灶在於神經的焦慮上，敏感纖細。還是兒童的他，可以因為一夜暴雨而落盡的山茶花，心想著來不及告別而痛哭失聲，暈厥而生病。

體弱多病這件事，除了關乎自己的身心狀態以及與家人間的相處，也影響了他的社會化歷程。據說他中學時期成績不差，唯獨因病請假過多而拖累平均。大學畢業後，他的第一份工作（也是畢生中唯一的工作）是圖書館員。然而卻請了病假從未到職。

他確實屬於那類，因為心中打擊或憂慮產生身心症狀之人。很多情況下，他的病徵很難區分是心理還是生理性的。

有些人推測普魯斯特的病大多是心理毛病，想像出來的，類似博取母親關愛的方法（但本人沒有意識到）。而他的弟弟，以及晚年陪伴他的女僕，堅稱他的病是真的。據女僕的說法，他的身體狀況，是常人難以想像的影響生活，而這是他寫作的樣貌。

疾病的苦惱不盡然全是壞處。因為治療哮喘的緣故，由家人陪同前去卡布爾（Cabourg）的飯店，在那的海灘進行海水浴療養。那裡，就成為《追憶》的巴爾貝克海灘。他在那裡遇見戀人阿格斯提內尼（Alfred Agostinelli）。也是在那邊，約一九〇七年，夢見了母親。夢裡的母親對他說：「我已經死了，放過我吧。別一直抓著我不放。」這種充滿病識感的夢境，卻讓他有了寫作的欲望。學界的共識是，他就是在那年的卡布爾海灘，構想起了《追憶》。也如同最後一冊敘事者體悟的，若不是斯萬建議可以到巴爾貝克療養，他也不會在那認識阿爾貝提娜、聖盧、夏呂斯等人。也是因為這些人們，他認識了愛情，進入了社交界，展開一連串的故事。

還有最後一種病：愛情。愛情的苦惱，無法滿足的占有欲，無盡的妒忌，他明確將之視為某種病。這種情形不光是成年以後。在少年時，他曾在香榭大道上被穿著紅鞋的俄國裔女孩的美麗吸引。他期望著每日在香榭大道上見到她，與她玩耍。他曾為了見到女孩而在冷風中等待，受了風寒。也因為見不到她而引發相思病。這是他的吉爾貝特的原型，也在早期的雜文中回憶過。

愛的嫉妒，占據了《追憶》的重要篇幅與體悟。在卡布爾認識的阿格斯提內尼，化身為小說中巴爾貝克的阿爾貝提娜。

戀愛如病，而愛情病癒之後，過往的痛苦將煙消雲散，卻也同時代表著遺忘。因而沉浸在折磨無比的愛裡，不願意被治癒，那如同放棄自己一部分的生命。譬如他在〈斯萬的愛情〉寫到：「他仔細考慮自己的病（……）心裡明白，當她病癒之後，隨便奧黛特做什麼，都不甘他的事了。因為他現在病得不輕，所以說實話，他擔心這樣的痊癒意味著目前存在的一切都會消失，那就如同死亡。」；「斯萬的愛情病，已經四處擴散，跟斯萬的種種習慣，跟他的所作所為，跟他的思想、健康、睡眠、生活起居（……）全都密不可分（……），若想把它從他身上剝離，勢必要弄得片體鱗傷：用外科術語來講，他的愛情已經不能手術了。」

是以，最後的也是最初的病，疾病的終極形式，即死亡。在《追憶》的末尾，敘事者終於懂得「死亡並不是什麼新奇的東西，恰恰相反，從我童年以來我已經死過好幾回了。」

或許，疾病，是作為一名擅長捕捉細節與情感的作家的天賦。疾病感不是作家事業的阻礙，而是某種獨特的禮物，讓他思考著生命的本質，尤其死亡。

才華

母親的文學薰陶外，普魯斯特在中學時開始展現對文學的興趣。

事實上，以師長對他的賞識、他與同學辦文學雜誌、在《費加洛報》刊過文章，或是二十五歲出版自己第一本小說與雜文集《歡樂時光》，可以看出他不是沒有才華之人。

但他卻煩惱痛苦於此，接下來幾年，思考、探索，放棄一本長篇小說，翻譯一本詩集，以及寫出一本文論集被退稿。直到人生開始邁向中後半段，感到時日無多之時，才以人生最後十多年的時光，撰寫《追憶》。而《追憶》的主角，卻是一個比現實普魯斯特更懷疑自己才華，更寫不出任何作品（全書只有成功刊登一篇文章在《費加洛報》上）之人。直到小說的最後，才終於完成「小說的準備」。

他在一九〇八的筆記上寫著：「我該寫小說、作哲學嗎？我是小說家嗎？」便是這種認真地對於自己才華的懷疑與煩惱，才讓他一直這樣寫下去。

端看普魯斯特的前半生，我們或許可以窺見文學史上的某種弔詭：越是心靈與感官的早熟者，越是在創作路途上的晚熟之人。他們需要更大量的時光摸索、理解、重整、思考，去尋找獨特的形式、語言、風格、結構，才能將這麼多難以用現成的話語描繪與說明的感受，找尋出展現的方式。如同《追憶似水年華》的最後的一句話，總得要失去那麼多的時間，到了幾乎一點也不留給餘生之時，才終於能夠「在時間中」。

而那一切曾有過的煩惱，其實是尋找與思索幸福本質的引導，最終，一起在那裡，準備重新開始。

如同他人生最後一篇刊登文章的最後一句：「出於強大的意志，我重新進入現實。」誠實而言，此作收錄了短篇小說、詩作、雜文，乃為年輕作家最初的試誤。但某些質素，若能在日後發光，實則從此出發，以自身的寫作嘗試作為日後書寫的養料。作為讀者的我們，最佳的讀法，是閱讀當中，與普魯斯特的人生共讀，更與《追憶似水年華》共讀。

如此，歡愉與時日，在我們熟悉不已的普魯斯特印象中，再度翻新，給予我們既熟悉又陌生的閱讀情感奇蹟。

普魯斯特的影像紀年

圖・文◎朱嘉漢

一八七七年，六歲的馬塞爾，與小他三歲的胞弟合照。以衣著、髮型看得出家庭的優渥。

馬塞爾的憂鬱與陰柔從兒時就寫在臉上，他的眼神直到成年後還是能夠清楚辨認。

關於弟弟侯貝爾，是他最早感到嫉妒的對象，也是他獨享母愛的威脅。兩人的兄弟關係雖然不差，然而他的身影在普魯斯特的作品中幾乎完全抹消。

《追憶似水年華》的敘事者是獨子，不論父親、母親、外婆等親人，都可以在現實中找到基礎。但就是沒有弟弟，是令人介意的空缺。他未完成的作品《讓・桑塔伊》也是如此。

據研究，他只有一篇雜文，以及《駁聖博夫》裡提到弟弟。

即便如此，侯貝爾還是處理哥哥馬塞爾遺稿、集結其報章刊載文章的重要助手，為後代讀者留下精彩的文字。

普魯斯特之母潔安娜・威爾（Jeanne Weil），生於一八四九年，卒於一九〇五年。是亞爾薩斯猶太家族。這樣的猶太血統，也讓馬塞爾，普魯斯特將來對於猶太人、尤其是德雷福斯事件頗有共感，也寫進他的作品裡。

其實，不僅是馬塞爾病態的依戀母親，母親也過分在意馬塞爾。一八七一年出生的長子馬塞爾剛好在普法戰爭以及巴黎公社的動盪裡，孩子隨時有夭折的可能。而馬塞爾十歲時在布勞涅森林初次發作的哮喘，幾乎病危，更加強她的危機感。

次子侯貝爾愛科學、熱愛運動較像父親，而馬塞爾更多方面與母親相似，尤其是文學愛好上。因此，她是認識普魯斯特及其作品，最重要的人。

普魯斯特的父親，阿德利安．普魯斯特（Adrien Proust），生於一八三四年，卒於一九〇五年。這張照片是為波特萊爾、喬治桑、大仲馬等人留下知名肖像照的攝影師納達爾（Nadar）所攝。

在作品裡，父親是個比較一板一眼的角色。對於兒子過於敏感的心思有點氣憤。同時，像是敘事者與母親之間的阻礙。

他曾希望馬塞爾從事較為踏實的工作，不過馬塞爾最後還是走向了文學。

他是歷史留名的人物，是知名的公衛學先驅。並在《對抗瘟疫的歐洲防禦工事》一書裡，將對抗瘟疫的防疫體系，上升到一種道德層次（進而影響到後世的卡繆關於《瘟疫》構想）。

父親對於馬塞爾另一個影響：對衛生絕對重視，極為潔癖。據說，他一天要用上五十條乾淨的毛巾。

十六歲的馬塞爾，一樣由知名攝影師納達爾所攝。

青年期的馬塞爾臉上的憂鬱較少，初顯露文學上的才華。他於名校孔多賽高中（Lycée Condorcet）就讀，雖然因為身體因素經常缺課，不過已經相當熟悉文學名家如雨果、謬賽等人作品。也與同學私下成立文學刊物，只有參與的會員間才能瀏覽。開始試圖寫作。

也差不多十六歲的年紀，他在香榭麗舍大道認識了俄國裔的女孩瑪麗（Marie de Benardaky），日後也是知名的社交名流）。讓他初識愛情的微醺。

一八八九年，馬塞爾・普魯斯特十八歲。高中畢業後，他入伍服兵役。令人意外的是，這是他相當快樂的時光，並建立起一些友誼。

《追憶》裡的聖盧是敘事者最好的朋友、引他進入貴族沙龍世界的重要人物，其形象、對於軍隊的風格、生活的了解，便是在此時期建立的。

這張照片難得留下馬塞爾身著軍服的英姿。

附帶一提，也在服兵役的時期，認識了真正知名作家法朗士（Anatole FRANCE），也是將來作品裡貝戈特的原型。

一八九二年，由馬塞爾的畫家好友白朗西（Jacques-Emile Blanche）所繪，目前收藏於法國奧塞美術館。

這是最為知名的普魯斯特肖像畫，當年他二十一歲。這也是他們相識那年。

也在照片之外，以畫家之眼捕捉了普魯斯特的特色，甚至像是預示了未來作家的形象：蒼白、唇紅、優雅、憂鬱，眼神深邃且神祕。這年歲的普魯斯特初入社交沙龍界，十足的 Dandy 樣。以普魯斯特的形象而言，這張畫說不定比所有照片都還要有代表性。

普魯斯特對自己的外表沒有好評，也曾在看了這張畫之後，笑稱這掌握住他外貌的缺陷。雖是如此，他本人珍惜保留著這張畫，直到過世。

攝於一八九四年，畫面左邊是德・弗雷爾（Robert de Flers），右邊是呂西安・都德（Lucien Daudet）。

弗雷爾是貴族，劇作家，與馬塞爾高中便相識。呂西安・都德，知名作家阿爾馮斯・都德之子，亦成為作家。

這張合照，除了展現了三位年輕作家的友誼，亦造成馬塞爾的家庭風波：尤其呂西安的關愛神情，讓馬賽爾的家人懷疑其性傾向。他的父母甚至想銷毀這張照片以免損壞名譽，馬塞爾一怒之下摔了花瓶。這段經歷寫進了未完成作品《讓・桑塔伊》。

攝於一八九五年，普魯斯特二十四歲。那年他有了圖書館員工作，卻頻頻請假未到職，最終請辭。他開始撰寫長篇小說《讓・桑塔伊》，直到四年後才放棄。這本未完成小說直到一九五二年才出版。這本小說的特殊價值是，雖然是第三人稱，但整體而言更貼近於普魯斯特的自傳。或許我們可以說，他會放棄，是因為還沒掌握到虛構的美學與敘事。

這小說也留下了當時影響法國最大的德雷福斯事件。是文學史上唯二在事件發生時書寫，並留下紀錄的小說。

這個時候的他也寫完《歡樂時光》大部分的書稿，隔年出版這本處女作。

攝於一八九九年。

難得在成年後，馬塞爾與弟侯貝爾一同與母親合照。此時的普魯斯特看來頗有自信。

這年他放棄了長篇小說《讓・桑塔伊》，轉向翻譯拉斯金（John Ruskin）的詩。

他的母親六年後，一九〇五年時過世。

攝於一八九六年。

類似的照片有一系列，都在沙龍所攝。追尋普魯斯特的形象時，大約都是這樣的裝扮、髮型，還有招牌的鬍子。普魯斯特在沙龍社交界裡的角色，與其說像是《追憶》裡的霧裡看花的敘事者，倒更像他小說中的斯萬（其實算是他另一個化身）。

雖然不是貴族，但憑藉著其特殊的風格、幽默、涵養，足以出入上流社會，頗受歡迎。這樣的生活持續了幾年，才因為身體的問題，以及父母的過世，慢慢淡出。

然而沙龍在普魯斯特眼裡猶如一種特殊的小社會，可以看盡人生百態。《追憶》裡也花了非常大的篇幅描寫不同沙龍的生態觀察。

阿格斯提內尼（Alfred Agostinelli），照片約攝於一九〇五年。

一九〇七年，馬塞爾在卡布爾與阿格斯提內尼相遇，後者當年十九歲。

當時他是馬塞爾的司機，載著他逛諾曼第。隔年夏天亦然。

兩人正式的關係要到一九一三年，阿格斯提內尼到巴黎找馬塞爾，希望給他一份工作。馬塞爾聘請了他當祕書，整理他的手稿成打字稿，讓阿格斯提內尼與女友（是的，他同時有女友）能夠在巴黎生活。

馬塞爾喜愛阿格斯提內尼的年輕、健壯、愛冒險。然而普魯斯特的善妒、掌控欲強，終讓阿格斯提內尼出逃。

阿格斯提內尼逃到尼斯學習駕駛飛機，他使用化名：馬塞爾・斯萬。以馬塞爾的名加上小說的重要角色斯萬的姓，足以展現他的深情。

一九一四年，阿格斯提內尼寄給普魯斯特一封信內，表明了自己要回到他身邊。信寄出後，卻隨即在練習駕駛飛機過程失事，享年二十六歲。

阿格斯提內尼的死訊與最後一封信幾乎同時到馬塞爾手上，令他無比心碎。

阿格斯提內尼在作品裡化身為阿爾貝提娜，決定了小說最重要的安排之一，也是敘事者衝擊最大的事件。以此紀念愛情。

這是公認的，普魯斯特生前最後一張照片。實際上，一九〇五年後，他的「晚年」照片就相對少。這也與他減少社交活動，尤其後來足不出戶的寫作有關。

這張照片雖然沒有明顯的老態，卻看得出不習慣於陽光與戶外，臉上也有病容。

這張在公園曬太陽的照片攝於一九二一年，那年《追憶》出版到第四冊《索多姆與戈摩爾》的第一部分。他這時已經不再懷疑才華、在意名聲，也沒有愛情的困惱。因為後來這幾年只有一件事重要：寫完《追憶似水年華》。

自知來日無多，每天的書寫，就是與死亡對抗。這是《追憶似水年華》的悖論：只要還活著，就必然會繼續寫。只有死亡能完成這本書，而這本書因此注定永遠未完成。

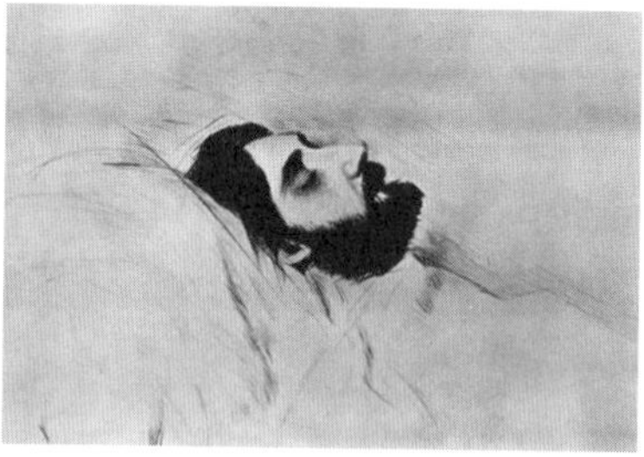

一九二二年十一月十八日，長年臥病的普魯斯特辭世，享年五十一歲。《追憶》的最後部分，他曾寫過：「死亡並不是什麼新奇的東西，恰恰相反，從我童年以來我已經死過好幾回了。」

這部作品出版到一半，最後的三冊半在一九二七年終於出完。

這張遺容速寫由畫家朋友埃盧（Paul-César Helleu）所繪。

他的遺體葬於巴黎拉榭思神父墓園。

經過了百年，還能有什麼發現呢？

二〇一七年的二月，魁北克電影研究者希華─特翰（Jean-Pierre Sirois-Trahan）公布，他在一則「葛瑞芙勒的婚禮」（Greffulhe wedding）的婚禮紀錄影片裡，匆匆出現三秒。這個姓氏，正是蓋爾芒特夫人的原型之一。

儘管無法進一步證明是普魯斯特本人，但對於熟知普魯斯特的研究者與粉絲來說，不僅是裝扮（英國紳士風）與外表，那獨特的走路神態，幾乎能讓人認定是他。

這是唯一的普魯斯特動態影片，也算是某種「尋回的影像」了。

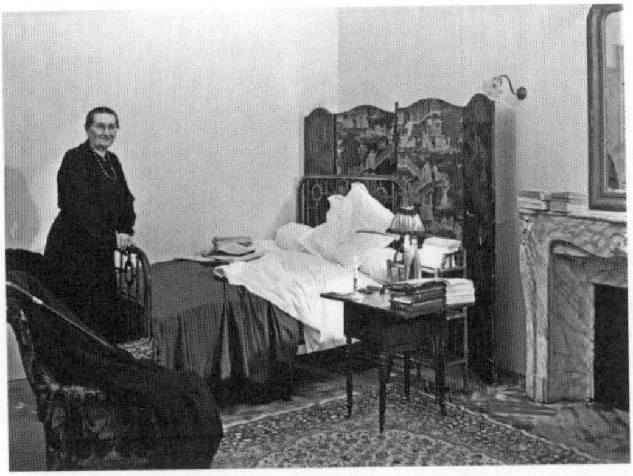

賽雷絲特・阿爾巴雷（Céleste Albaret），其丈夫原是普魯斯特的常雇用的司機。

一九一四年，她成為普魯斯特的女傭。普魯斯特晚年為了寫作，深怕叨擾，很快地成為唯一陪伴者。她是深居簡出的普魯斯特的對外聯繫，也幫助他規整手稿。她陪伴了普魯斯特的最後時光，直到死亡。

也多虧了她，我們知曉普魯斯特的晚年生活。包括他貼滿軟木塞隔音的牆、厚重的窗簾。飲食：一天只喝一壺咖啡與一塊可頌。甚至日夜顛倒的作息。她也戳破了一些謠言。

照片裡便是年老的賽雷絲特在重現的普魯斯特的房裡。

LINK 29

歡樂時光

Les Plaisirs et les jours

作　　者　馬塞爾．普魯斯特（Marcel Proust）
譯　　者　劉森堯
總 編 輯　初安民
責任編輯　林家鵬
美術編輯　林麗華
圖片提供　朱嘉漢
校　　對　劉森堯　孫家琦　林家鵬
發 行 人　張書銘
出　　版　INK 印刻文學生活雜誌出版股份有限公司
　　　　　新北市中和區建一路 249 號 8 樓
　　　　　電話：02-22281626
　　　　　傳真：02-22281598
　　　　　e-mail : ink.book@msa.hinet.net
網　　址　舒讀網 http://www.inksudu.com.tw
法律顧問　巨鼎博達法律事務所
　　　　　施竣中律師
總 代 理　成陽出版股份有限公司
　　　　　電話：03-2717085（代表號）
　　　　　傳真：03-3556521
郵政劃撥　19785090 印刻文學生活雜誌出版股份有限公司
印　　刷　海王印刷事業股份有限公司
港澳總經銷　泛華發行代理有限公司
地　　址　香港新界將軍澳工業邨駿昌街 7 號 2 樓
電　　話　(852) 2798 2220
傳　　真　(852) 2796 5471
網　　址　www.gccd.com.hk
出版日期　2020 年 8 月　初版
ISBN　978-986-387-342-6

定價　350 元

國家圖書館出版品預行編目資料

歡樂時光／馬塞爾．普魯斯特 著.
劉森堯 譯. --初版. --新北市中和區：INK印刻文學，
2020.08 面； 14.8 × 21 公分. --（Link；29）
ISBN 978-986-387-342-6（平裝）
1. 普魯斯特 (Proust, Marcel, 1871-1922)
876.4　109006803